LA CIA EN TLATELOLCO

I0553618

MANUEL CALLEROS PAVÓN

LA CIA
EN TLATELOLCO

DEAUNO.COM

Calleros Pavón, Manuel
    La CIA en Tlatelolco. - 1a ed. - Buenos Aires : Deauno.com, 2007.
    112 p. ; 21x15 cm.

    ISBN 978-950-9036-77-2

    1. Narrativa Mexicana. 2. Literatura de Ficción. I. Título
CDD M863

Primera edición

ISBN: 978-950-9036-77-2

Hecho el depósito que marca la Ley 11.723

A la memoria de mi madre
Tomasa Pavón Saure
(1935-2004)
con eterno amor

A mi padre
Juan de Dios Calleros Aviña
con cariño y admiración

Todas las situaciones de esta novela son imaginarias, y cual-quier relación con la verdad debe considerarse accidental. Todo es ficticio, excepto la masacre del 2 de octubre de 1968 en la Plaza de las Tres Culturas de Tlatelolco, ciudad de México.

»Disiento totalmente del criterio muy personal de usted de que hay un hecho que ensombreció la historia de México. Hay un hecho que ensombreció la historia de unos cuantos hogares mexicanos.

»Yo le puedo decir a usted que estoy muy contento de haber servido a mi país en tantos cargos como lo he hecho. Estoy muy orgulloso de haber podido ser presidente de la república y haber podido así, servir a México. Pero de lo que estoy más orgulloso de esos seis años es del año de 1968, porque me permitió servir y salvar al país —le guste o no le guste— con algo más de horas de trabajo burocrático, poniéndolo todo: vida, integridad física, peligros, la vida de mi familia, mi honor, y el paso de mi nombre a la historia. Todo se puso en la balanza. Afortunadamente, salimos adelante. Y si no ha sido por eso, usted no tendría la oportunidad, muchachito, de estar aquí preguntando.

—Usted acaba de decir que salvó al país. ¿De qué lo salvó?

—Del desorden, del caos, de que se terminaran las libertades de que disfrutamos. Quizá usted estaba muy chavito, y por eso no se dio cuenta.

Amarás a tu prójimo como a ti mismo
Lv 19$_{18}$; Mc 12$_{31}$

CAPÍTULO I

LA LLEGADA

El boeing 727 de Mexicana de Aviación procedente de Houston, Texas, aterrizó con puntualidad a las 14:30 del viernes 27 de septiembre de 1968, a pesar de la llovizna que caía sobre el Aeropuerto Internacional de la ciudad de México. Mientras el avión rodaba por la pista mojada rumbo a la zona de desembarque, Howard Hoffmann, un hombre atlético de raza negra y casi dos metros de estatura, se desperezaba tallándose los ojos con el dorso de las manos en medio del murmullo de los pasajeros, quienes se preparaban para bajar de la nave, algunos sonrientes y conversadores, y otros indiferentes o fastidiados. Por la ventanilla se percibía un paisaje de tono castaño, nubes bajas, y un suelo con manchas oscuras como la piel de los jaguares. Ronald Wynne, su jefe inmediato, le había ordenado trasladarse a la ciudad de México sólo doce horas antes, pero él siempre estaba preparado para cualquier eventualidad como profesional de la Agencia Central de Inteligencia (CIA) de Estados Unidos. Tenía ya cuatro meses sin misión, desde que eliminó a un alto jefe musulmán de un certero tiro en la cabeza cuando éste se dirigía al Aeropuerto Internacional de Beirut. Detestaba esa sensación de temor que le producían las nuevas misiones: su suerte podría cambiar en cualquier momento. Sabía, por la naturaleza de su trabajo, que su país lo desconocería en caso de ser detenido. La muerte podría ser cruel después de las más despiadadas torturas, lo cual dependía de la clase de país que lo capturara. La Compañía, como le nombraban, lo reclutó porque era necesario tener individuos de todas las razas; sobre todo, quienes hubieran mostrado sangre fría y excelente puntería para cumplir sus misiones sin cargo de conciencia. Lo encuadraron como francotirador en operaciones clandestinas. Ignoraba por completo cuál sería su misión. Dedujo que debía relacionarse con la guerra de su país contra el comunismo: la mayoría de sus misiones habían tenido ese propósito. También sabía que apropiarse de México sería un botín muy apreciado por la Unión de Repúblicas Socialistas Soviéticas (URSS), ya que era un país que además de contar con abundantes reservas de petróleo y de otros recursos naturales constituía un excelente punto estratégico por sus 3115 kilómetros de frontera territorial con el enemigo, ideal para construir una amplia red de bases aéreas, sistemas de defensa antimisiles y silos donde emplazar misiles balísticos con ojivas nucleares.

La Unión Soviética consideraba que México tenía las condiciones idóneas para poner en marcha una serie de avances técnicos que en ese momento desarrollaba, como nuevos propulsores de combustible sólido y lanzamisiles fijos y móviles más firmes, así como submarinos con capacidad para ocho misiles balísticos equipados con cabezas nucleares que alcanzaban objetivos en un radio de mil a dos mil millas náuticas, por lo que el litoral mexicano sería ideal para sus misiones, y el gobierno estadounidense lo sabía. De ahí el gran temor de Estados Unidos a una subversión comunista en la frontera sur. Un temor bien fundamentado por los antecedentes de la red de espionaje montada en territorio estadounidense por el espía soviético Anatoli A. Yakovlev, quien logró extraer secretos atómicos con el apoyo de ciudadanos ambiciosos o resentidos como Harry Gold, Howard Greenglass, Ethel y Julius Rosenberg, Klaus Fuchs y otros, lo cual generó toda una era de sospechas. Joseph McCarthy, el senador republicano por Wisconsin, quien dio su nombre a la «cacería de brujas», decía que eran «los enemigos en la boca» los responsables de socavar la fuerza de Estados Unidos en una nueva guerra que no podría terminar «excepto con la victoria o muerte de esta civilización». Así pues, el macartismo surge para persuadir a los estadounidenses de que estaban «en guerra». Tenían que apoyarse en reservas de moralismo. Convencerse de que la lucha no sólo era entre Estados Unidos y la Unión Soviética, sino entre el bien y el mal, lo correcto y lo incorrecto. Para él sería un trabajo más al margen de implicaciones políticas o sociales.

Recogió primero su maleta de cuero negro y largas correas, más grande que la metálica de color café, y caminó sin prisa por los pasillos resbaladizos del aeropuerto. Un maletero puso el equipaje en su diablo para llevarlo hasta un taxi. Tuvo la impresión de que las personas que lo miraban tenían ojos de lobo y despedían un olor agridulce. Las voces eran incomprensibles, así como el altoparlante con una voz femenina que anunciaba las salidas y las llegadas de las aeronaves. Voz entretejida con el llanto berrinchudo de los niños. Asimismo, observaba con envidia que la mayoría de los pasajeros eran recibidos con abrazos y besos por personas de todas las edades. Sintió la soledad que lo asaltaba en ocasiones como esa, porque a sus treinta y cinco años permanecía soltero y sin hijos. A veces anhelaba tener una familia aunque fuera tan pobre como la que tuvo en Oklahoma, donde nació y vivió su juventud entre las extensas llanuras del centro de Estados Unidos, rodeado de campos de trigo, cultivos de sorgo, y granjas que amontonaban en sus pequeños terrenos a gallinas, cerdos y una o dos vacas. Allí, donde los vientos, a veces impetuosos, recorrían los graneros más grandes del mundo. Una vasta región que sufrió las consecuencias de la Gran Depresión de la década de 1930, cuando la sequía, los bajos precios de las cosechas y la erosión causada por los arados casi terminaron con la tierra. En ese ambiente nació el 18 de febrero de 1933 en Muskogee, Oklahoma, donde vivió sus primeros años, y de donde emigró con sus padres y su hermana en 1940 a un suburbio aislada para negros e indios de Oklahoma City, donde sólo había una tienda de comestibles poco surtida, una iglesia y casas destartaladas de madera, una junto a otra que flanqueaban amplias y terrosas calles. Su padre era un alcohólico violento que siempre usaba un desgastado pantalón con peto de mezclilla azul marino y un sombrero de felpa gris, viejo y arrugado. Trabajó durante algunos años para un contratista de la construcción, cuyo poco salario lo dilapidaba en el whisky Early Times, y cuando llegaba a casa, golpeaba por cualquier insignificancia a su esposa, manoseaba a su pequeña hija y fustigaba a su hijo con un cinturón. Su padre murió en medio de la calle, golpeado y apuñalado por otro alcohólico del lugar cuando salía de su trabajo en la rehabilitación del Walnut Avenue Bridge. Su madre tuvo que lavar ropa ajena y trabajar como empleada doméstica para que sus hijos subsistieran hasta poder valerse por sí mismos. La infancia de Hoffmann se esfumó tan veloz como un suspiro de los tornados de Oklahoma. A los dieciocho años tomó un autobús en Streetcar Terminal y se fue gustoso a la guerra de Corea como infante de marina. Quería romper su infortunio; buscar «una vida mejor» para él y su familia en algún otro lugar del país cuando terminara la guerra, sin el fantasma de la segregación racial. Su madre murió de tuberculosis en 1953, aunque quizás fueron las penas acumuladas y el intenso trabajo los verdaderos motivos que la llevaron a la tumba.

Corea fue una guerra que lo preparó para la vida que llevaba. Siempre lo escogían para la ejecución de presos norcoreanos y chinos, e *invariablemente* se mostraba sereno al cumplir con «su deber». Se consideraba un hombre que acarreaba la mala suerte a quienes estimaba, pues recordaba a entrañables seres queridos asesinados o desaparecidos. Por tal razón, evitaba el contacto con sus compañeros, quienes por su lado, también lo evitaban a él.

Le pidió al taxista que lo llevara al Gran Hotel de la Ciudad de México donde tenía una reservación. En el vehículo se encerraba un hedor a limón agrio, por lo que al escampar bajó un poco la ventanilla. Mientras el coche se desplazaba en la marea del tráfico, un discreto olor a humo y gasolina invadió el ambiente a pesar del frescor de la tarde. Las calles irregulares lo desorientaron como si se internara en un laberinto: de momento circulaba sobre una gran avenida y de repente se adentraba en el intrincado cuerpo de la ciudad, entre calles con aceras y esquinas desalineadas o terminadas en pared. Una ciudad semejante a otras capitales latinoamericanas que había conocido. La sirena de una ambulancia se acercaba por la derecha, y un oficial de tránsito desviaba el tráfico de la calle donde un trolebús ardía en llamas, rodeado de bomberos que trataban de apagarlo. Le había dicho a su jefe que haría todo lo que le ordenaran para evitar una Corea o un Vietnam en la frontera sur. Recordó que en febrero de ese año, los norvietnamitas de Ho Chi Minh, quienes supuestamente se debilitaban bajo el constante ataque de las fuerzas estadounidenses, lograron una nueva ofensiva tan devastadora que socavó toda la posición de Estados Unidos. Antes de esta ofensiva Tet (año nuevo lunar en Asia), la opinión pública por la guerra se había conservado; pero a partir de ese momento, una mayoría se opuso al compromiso adquirido por su país. Por eso, un mes después de Tet, el presidente Lyndon B. Johnson, cansado, deprimido, atribulado por los problemas y quizá por su conciencia, anunció que no buscaría una segunda reelección. Había tenido suficiente.

A través del *New York Times* tuvo una vaga información de que estudiantes de la Universidad Nacional Autónoma de México (UNAM), del Instituto Politécnico Nacional y de otras escuelas de educación superior iniciaban una movilización en contra del autoritarismo del presidente Gustavo Díaz Ordaz y de las fuerzas policiacas de la ciudad. Él sabía que eso era insustancial: si se hablaba de revueltas, ahí estaban las de su país desde el 4 de abril, cuando los negros se dejaron llevar por una furiosa acometida incendiaria y de saqueo a raíz del asesinato de Martin Luther King hijo, en Memphis, Tennessee. O bien, la muerte de Robert F. Kennedy el 6 de junio en Los Ángeles, California, que llevó a los demócratas a realizar una convención de nominación en Chicago, precipitando durante agosto una ola de protestas y combates con la policía de esa ciudad. Concluyó que su misión tenía que relacionarse con el comunismo y los XIX Juegos Olímpicos que darían inicio el 12 de octubre en la ciudad de México. Ronald Wynne le había indicado que acudiría como fotógrafo de prensa del *Houston Sports*, e incluso le había dado un chaleco de fotógrafo, largo hasta la cadera, de color gris, con tres bolsillos en hilera en cada pechera, y una tarjeta de acreditación que le permitiría moverse por la ciudad y cubrir desde ese día todo acontecimiento deportivo, cultural, político o social, tal vez para vigilar la movilidad de los periodistas soviéticos, cubanos o de cualquier otro país del este de la Cortina de Hierro. «¿Tendrá ese objetivo mi misión? Puede ser», dedujo pensando en los agentes de la CIA detenidos en Cuba en días recientes, aunque en realidad él no era especialista en actividades clandestinas, espionaje, contraespionaje, operativos guerrilleros y paramilitares, o guerra política y psicológica, sólo era francotirador.

Llegó al hotel y, tras identificarse, le asignaron la habitación 306 del tercer piso. Subió enseguida por una estrecha escalera de alfombra verde, guiado por un botones quien cargaba las maletas; las dejó en la habitación, y Hoffmann lo despidió con un dólar de propina. Cerró y comenzó a inspeccionar. Había una ventana por donde se filtraba la luz mortecina de la tarde a través de una cortina transparente de encaje color crema. El silencio contrastaba con el bullicio de la ciudad y la penumbra le daba un halo de placidez. Abrió las maletas, colgó en el clóset las camisas y los pantalones, colocó su ropa interior en un cajón y guardó las maletas en el anaquel de dicho clóset. Después decidió recostarse un momento: los alimentos que había ingerido en el avión le causaron modorra.

A las cuatro de la tarde, llamaron a la puerta. Se incorporó precipitado tratando de encontrar su arma, pero no la traía porque se la hubieran requisado en la aduana. Se acercó con cuidado y se detuvo a un lado de la puerta.

—¿Quién? —preguntó con aspereza.

-—Estoy encargado de la sección de atletismo del *Houston Sports*.

Recordó lo que le había dicho su jefe Ronald Wynne: «Cuando llegues a México, tu contacto se va a identificar como el encargado de la sección de atletismo del *Houston Sports*.» Con esa confianza abrió. Un individuo moreno, de amplio torso y estatura media, sonrió y saludó en inglés: «Hola, que tal.» Hoffmann lo invitó a pasar. Era un latino con corte de pelo militar, saco sport de cuadros color café, pantalones negros y una camisa azul cielo, sin corbata. Traía colgado del hombro un bolso gris de fotógrafo y en la mano un portafolios de cuero negro con candado de combinación.

—Hay manifestaciones por toda la ciudad —comentó al entrar.

—Eso parece. Acabo de llegar.

—Los estudiantes están quemando camiones y trolebuses por diversos rumbos de la ciudad…

Hoffmann evitaba los diálogos largos, así que sacó del bolsillo de su camisa un trozo de cuatro o cinco centímetros de una tarjeta postal de Houston. El visitante también extrajo de su bolsillo un fragmento similar. Los dos trozos coincidían a la perfección, haciendo innecesaria toda comprobación ulterior. El latino depositó el portafolios y el bolso sobre la cama. Enseguida acercó una silla y tomó asiento, mientras Hoffmann permaneció de pie.

—Mi nombre es Robert Sanchez y soy originario de Los Ángeles —aclaró, acompañando lo expresado con el movimiento de las manos como si estuviera pronunciando un discurso; por tal motivo, sus compañeros lo apodaban el Orador—. Estoy aquí comisionado por la Agencia para apoyar en la seguridad de nuestros compatriotas que van a venir a la olimpiada. Llevo ocho meses aquí para mexicanizar mi español; sobre todo, para imitar la jerga militar. De ahí mi enlace con algunos jefes y oficiales del cuerpo de guardias presidenciales, así como con algunos agentes de la Dirección Federal de Seguridad o DFS, dependencia de la Secretaría de Gobernación. Apréndetelos, porque los vamos a estar usando.

Le entregó a Hoffmann un sobre tamaño oficio que sacó del compartimiento oculto del portafolios y una buena cantidad de dinero mexicano. Además, le dejó el bolso gris que contenía una cámara fotográfica Canon con sus accesorios y veinte rollos de película virgen.

—Puedes llamarme Bobby, así me siento más en confianza, porque yo voy a ser tu contacto durante el tiempo que permanezcas aquí. Por lo pronto, te informo que mañana vamos a tener una reunión a las diez de la mañana en la embajada. Le dices a cualquier taxista y él te lleva. Allí preguntas por John Dukes, uno de los ayudantes del primer secretario. Él te llevará con nosotros.

Hoffmann asintió sin objeciones: sabía que los lugares seguros debían mantenerse en secreto, y por ningún motivo mencionar su ubicación más allá de las personas autorizadas.

Cuando se despidieron, constató que tenía razón al identificar el acento californiano de Sanchez, muy distinto a su inglés tejano.

Abrió el sobre y extrajo los documentos que contenía, los cuales llevaban el sello «Top Secret». Se sentó en la cama y empezó a leer. En ellos le informaban de los resultados de la Conferencia Tricontinental celebrada en La Habana en enero de 1966, donde los participantes concluyeron que existía un incremento de dictaduras militares propiciadas por las oligarquías capitalistas, quienes a su vez impedían el desarrollo de organizaciones políticas, populares e independientes, estableciéndose así un injusto reparto de la riqueza. Para revertir tal situación se sugería acrecentar la fuerza política y numérica del socialismo, y vigorizar a los Movimientos de Liberación Nacional. A dicha reunión habían acudido estudiantes y catedráticos mexicanos, quienes venían atizando el movimiento estudiantil en México para desatar una lucha armada que llevara a los comunistas al poder. Además, contenía un informe de la Oficina Federal de Investigaciones (FBI), donde se afirmaba que se había realizado un intenso acopio de armas por parte del Partido Comunista mexicano, hecho que se filtró de su XV Congreso de 1967.

Se mencionaba el firme conocimiento de que había varios comunistas mexicanos bien identificados agitando el movimiento estudiantil. Querían tomar el poder soliviantados tanto por la invasión soviética de Checoslovaquia el 20 de agosto de 1968, acción obligada —según el revisionismo soviético— por el libertinaje capitalista al cual venía cediendo Praga, como por el conocimiento de que el 30 de ese mismo mes, Cuba había infiltrado explosivos y armas soviéticas por Veracruz, tales como el rifle de asalto AK-47. Pretendían que el movimiento estudiantil creciera hasta el grado de poder armar un buen contingente de estudiantes, obreros y campesinos, aunque fuera por leva, y realizar actos de sabotaje como destruir refinerías, depósitos de gasolina, plantas eléctricas, aeropuertos, vías férreas, instalaciones navales, puentes y otros puntos estratégicos, para distraer y debilitar al gobierno. Por otra parte, se tenía conocimiento de que pretendían venir elementos subversivos del Partido de los Panteras Negras, del *National Lawyers Guild* y de la nueva izquierda de Estados Unidos; y de apoyos económicos otorgados por estadounidenses con la ingenua intención de que se suspendieran los Juegos Olímpicos en México y se llevaran a Detroit.

También se le notificaba que el presidente Gustavo Díaz Ordaz sólo tenía interés en preservar su buen nombre ante la historia de México y la continuidad en el poder del Partido Revolucionario Institucional, sin importarle el destino de la democracia y la libertad del pueblo estadounidense; es decir, sus acciones diplomáticas estaban encaminadas a *demostrarnos* la posición neutral de México, y por tanto, rechazaría la injerencia de cualquier potencia extranjera. En abril recibió al embajador de Vietnam del Norte en Cuba; en mayo, Alfonso Corona del Rosal, jefe del Departamento del Distrito Federal, recibió al alcalde de Moscú; y a finales de mayo, el presidente recibió a los dirigentes del Partido Comunista. Todo indicaba que Gustavo Díaz Ordaz y el secretario de la Defensa Nacional, general Marcelino García Barragán, dudaban en dar órdenes terminantes como sería la aplicación de la ley marcial y la toma permanente de las instalaciones de educación superior que se encontraban ocupadas desde el pasado 18 de septiembre por efectivos del ejército, y pretendían restituirlas a las autoridades educativas correspondientes en los próximos días. Era necesario que continuara el apoyo de las fuerzas armadas a la policía metropolitana que se hallaba mal equipada para contener el vandalismo de los extremistas. El ejército tampoco tenía equipo antidisturbios, pero contaba con armas cortas y largas, carros blindados para cuatro elementos, con dos ametralladoras de calibre 30 y un cañón de 37 milímetros, y jeeps con ametralladoras de calibre 50, lo que podría terminar con la muerte de los sediciosos si decidían enfrentarse, acto contundente que sería un ejemplo de persuasión.

A las siete de la noche, Hoffmann subió con el bolso y la cámara fotográfica a la cafetería El Mirador del hotel, con la intención de que lo vieran como fotógrafo de prensa. Ordenó un asado, un café con crema y pan tostado con mermelada de fresa. Después, sin soltar los papeles, salió a la terraza para observar el Zócalo o Plaza de la Constitución. Había grupos de jóvenes corriendo por la plaza, y otros que llenaban por completo autobuses urbanos gritando consignas que le eran incomprensibles por desconocer el español. Obtuvo algunas fotografías con la Canon, tratando de abarcar todos los puntos que pudieran ser de importancia estratégica. Después guardó la cámara en su estuche y regresó a la mesa. Y mientras cenaba, continuó leyendo los documentos.

El pasado 29 de agosto, Walt W. Rostow, consejero de seguridad nacional de la Casa Blanca, le comentó al presidente que en los próximos días podría verse un creciente nivel de violencia en la ciudad de México con la posible cancelación de los Juegos Olímpicos. La CIA también le había notificado al embajador Fulton Freeman, al secretario de Estado, Dean Rusk, y al propio presidente, que el potencial para incidentes violentos era alto. Si se toleraba ese movimiento, se podría esparcir como reguero de pólvora, sin posibilidad de aprehender a quienes incitaron y dirigen esa acción civil que podría volverse armada con la creación de guerrillas auspiciadas por el comunismo internacional, lo que parecía venirse planeando desde el 18 de octubre de 1963, cuando en Baden-Baden, República Federal de Alemania, en la sesión plenaria del Comité Olímpico Internacional, México ganó la sede de los Juegos Olímpicos de 1968 con el rotundo apoyo del bloque comunista.

Los documentos eran enfáticos al concluir que Estados Unidos impediría por cualquier medio que México fuera un país comunista: atentaría contra la seguridad nacional y afectaría la estabilidad económica, política y social de la región. Por ende, sería un foco de rebeldía que podría generalizarse a todos los países libres y democráticos de América Latina. Tenía que actuarse, aunque algunos sociólogos, estudiosos del tema *sociedad mexicana*, consideraban que ese movimiento se detendría en los estratos populares, campesinos y obreros: era una nación sensiblemente apática y profundamente religiosa. Tenían entendido que en cada iglesia a lo largo y ancho del país, los sacerdotes convencían a la gente de que los estudiantes eran comunistas, y ser comunista era ser enemigo de la fe, así que nadie iba a secundarlos a pesar de que hubiera muertos; tal como se demostró el pasado 14 de septiembre, cuando los habitantes de San Miguel Canoa, azuzados por el cura, lincharon a tres estudiantes de la Universidad de Puebla, quienes iban de excursión hacia las montañas, por comunistas y enemigos de la fe. Además de que los habitantes de la ciudad de México estaban cada día más fastidiados y cansados de los desmanes que realizaban los estudiantes, como quemar el transporte públicos e impedir la circulación vehicular.

Por último, se le comunicaba —a fin de subrayar la importancia de la misión— que ese mismo día llegarían del cuartel general de la CIA en Langley, Virginia, los experimentados agentes Richard McGarrah Helms (director de la CIA) y Allen Welsh Dulles (ex director de la CIA y ex miembro de la Comisión Warren que investigó el homicidio de John F. Kennedy), con un plan operativo preparado por los analistas de la Compañía y de la Agencia de Inteligencia de la Defensa para aplicarse en el caso mexicano, con las adecuaciones que considere pertinentes Winston Scott, jefe de la Estación de la CIA en México, y el grupo operativo involucrado.

Como era una imprudencia confiarse por el antecedente de Cuba, se le ordenaba estudiar la situación en la capital mexicana para compenetrarse en el caso México. Con posterioridad sería enterado de su misión, y de cuál sería el camino más adecuado para anular el avance comunista y cortar de tajo cualquier movimiento armado desde antes de su inicio.

Regresó a su habitación; pero antes de abrir la puerta, se percató de que el hilo transparente que siempre dejaba al salir, estaba en el suelo. Por eso, acostumbraba llevar consigo la documentación clasificada como confidencial, fotografías, códigos, números de emergencia y listas de escondites seguros, además de los utensilios de trabajo que le hubiera entregado algún compañero. Sólo dejó sus efectos personales, pero se había llevado el sobre y el bolso. Penetró con sigilo. Todo parecía en orden y sin husmeadores. Sabía que ningún estadounidense llega a este país sin ser vigilado tanto por el servicio secreto local como por la KGB (agencia de inteligencia soviética) o la GRU (inteligencia militar soviética): todo diplomático, corresponsal extranjero u hombre de negocios es potencial agitador o espía. Con seguridad, la propia Compañía había realizado un barrido electrónico antes de que él llegara, pero en ese momento ignoraba si le habían plantado algunos micrófonos. Vivía en constante zozobra debido a la cada vez más evidente indiscreción de los soviéticos. Por tal razón, reflexionó por unos instantes sobre qué podría delatarlo como agente doble. Y de lo que traía, nada era comprometedor. Pensó en la cámara Minox en miniatura que iba a recibir en Houston de manos de los soviéticos antes de saber que iría a México como fotógrafo y tendría una cámara a su disposición. ¿Qué hubiera pasado si los del contraespionaje de la CIA o los del FBI hubieran encontrado la Minox? Imaginó que en ese momento ya estaría detenido o quizás ejecutado. Después de recuperar la calma, preparó los documentos que le habían dado como confidenciales y los fotografió a conciencia. «Con o sin micrófonos, me mantendré callado el mayor tiempo posible.»

Durmió confiado: el gobierno mexicano lo recibía como a uno más de los cientos de corresponsales extranjeros que iban a cubrir los Juegos Olímpicos, los soviéticos sólo obtendrían más información si pagaban un buen precio, y sus compatriotas ignoraban su juego a dos puntas, aunque todo mostraba que alguien había seguido a Sanchez. Por eso se preguntó si Robert Sanchez era un novato o un irresponsable, o si lo había hecho a propósito.

CAPÍTULO II

LOS PREPARATIVOS

Hoffmann llegó a la embajada de Estados Unidos a las diez de la mañana del sábado 28 de septiembre. Muchos turistas y periodistas estadounidenses entraban y salían de la sede diplomática, la cual estaba acordonada por vallas de alambrado y policías antimotines. En el módulo de información del acceso principal preguntó por John Dukes, quien ya lo esperaba en ese lugar. Después de un saludo rápido, salieron de la embajada y subieron a un Cadillac negro que los condujo por varias calles hasta la que tenía un cartel indicador que decía Río Sena, Col. Cuauhtémoc. Se dejó llevar: sabía que toda operación clandestina era planeada fuera de las embajadas en todo el mundo para salvaguardar a los diplomáticos en caso de que las misiones fueran descubiertas. El vehículo se detuvo en un edificio de oficinas con el número 49 en la entrada. Hoffmann se apeó y subió dos pisos del edificio siguiendo a Dukes. Luego entró en una espaciosa sala de juntas que contenía una mesa de trabajo en el centro con sillas para diez personas. A un lado de la sala estaba una hilera de grandes ventanales con persianas verticales semiabiertas de color azul cielo. Al otro lado, un amplio espejo sobre la pared. Los allí presentes supieron de inmediato que eran observados en la oficina contigua.

Presidía la reunión un hombre delgado, tez clara y transparente, pelo castaño entrecano implantado en pico sobre su frente; ojos azules con incipientes ojeras, cubiertos por anteojos de fina montura de acero que reposaban sobre una nariz estrecha y prominente. Los invitó a sentarse con un ligero movimiento de la mano derecha y una sonriente autoridad.

—Buenos días, señores. Mi nombre es Phill Agatston, ayudante del jefe de Estación de la Agencia en México. Y quiero pedirles en primer lugar que vayan presentándose de izquierda a derecha.

El primero en presentarse era alto y atlético, de ojos verdes y pelo enmarañado con mechones pelirrojos, en un terno de sarga gris.

—Yo soy Richard Koch, oficial superior de operaciones del cuartel general.

Luego se presentó una persona de espalda ancha, piel morena y pelo negro con corte militar.

—Mi nombre es Robert Sanchez, asignado a la Estación México.

Tocó el turno a un individuo delgado, alto, calvo, también de tez morena.

—Yo soy Jim Garcia, y también estoy asignado a la Estación México.

Del otro lado de la mesa estaba un sujeto alto, con cabello largo hasta los hombros, lacio y rubio, de ojos azules y nariz aguileña.

—Mi nombre es Johan Stevenson, destinado en la República Federal de Alemania y provisionalmente en esta ciudad.

Junto a él estaba Hoffmann.

—Yo soy Howard Hoffmann de… del cuartel general.

El último a la mesa era de estatura media, sonriente, tez morena y pelo negro muy corto.

—Mi nombre es Manuel Ibiza de la Estación México.

De inmediato, Phill Agatston continuó con la reunión.

—Muy bien. Ya nos conocemos, ahora debo decirles cuál es nuestra misión. Como ustedes ya saben los antecedentes por los documentos que les enviamos, vamos a establecer algunos puntos de importancia para la operación *Mexican Freedom*:

1. La Unión Soviética y Cuba han propiciado, a través de diversas organizaciones comunistas, el movimiento estudiantil que impera en México desde el 26 de julio, cuando se realizó una marcha de estudiantes comunistas en una franca actitud de agresividad y desafío para celebrar el asalto al Cuartel Moncada en 1953 que originó el levantamiento de Fidel Castro, provocando de ese modo a la policía que había sofocado con éxito una riña estudiantil días antes.

2. Dichos países esperan el momento en que este movimiento crezca para distribuir armamento, granadas y explosivos entre personas clave, dispuestas a iniciar un movimiento armado.

3. Se han efectuado tumultuosas manifestaciones de más de cien mil personas, aunque esa cantidad tiende a disminuir. Esta circunstancia puede obligar a quienes queden a tomar las armas y conformarse en guerrillas o células de terrorismo. Para acabar con ello, deberá producirse miedo para que aquellos sin intereses de poder dejen las manifestaciones, y detener a quienes buscan un movimiento armado.

4. La policía de México está mal equipada para repeler disturbios civiles de la magnitud que hay en estos momentos: sólo cuentan con cascos, macanas, escudos pequeños y lanzagranadas de gas lacrimógeno en mal estado. En su lugar, el Departamento del Distrito Federal y la Secretaría de Gobernación solicitaron la intervención del ejército para controlar los disturbios civiles.

5. La Secretaría de la Defensa Nacional trata de persuadir a los estudiantes con carros blindados y efectivos del ejército equipados para combate, con la esperanza de que los huelguistas se atemoricen y eviten responder con armas blancas o de fuego.

6. El ejército mexicano carece de experiencia en hechos de guerra, por lo que al estar bajo fuego se perdería con facilidad la disciplina, y sus efectivos responderían *prácticamente* asesinando a la población civil.

7. Hay tibieza en el gobierno. Todo indica que van a dialogar para analizar las peticiones. De ese modo, las organizaciones comunistas percibirán la debilidad gubernamental; lo que afianzará su decisión de intervenir con mayor agresividad en toda la república, porque su verdadero interés es la toma del poder. De suceder esto, puede quebrantarse al gobierno en muchos puntos de rebeldía y desencadenarse una situación irreversible. Una realidad que el ejército rechaza, aun como posibilidad.

8. El grueso de la población rechaza el movimiento estudiantil; pero como sabemos, los movimientos revolucionarios se dan por pequeños grupos guerrilleros que crecen por leva —puesto que esos guerrilleros creen que la población ignora que con el comunismo dejarán de ser pobres, y consideran un deber levantarlos en armas por su propio bien—, y terminan por imponer su ideología al resto de la población, como ya ha sucedido en China, Corea del Norte y Cuba, y está sucediendo en Líbano, Vietnam, Yemen y

otros países del orbe. Aunque bien sabemos que detrás de todos estos movimientos revolucionarios prevalece el interés económico y político de unos cuantos.

9. El presidente Lyndon B. Johnson está presionado para que intervenga en este país y restablezca la seguridad y la estabilidad política de la región. Por tal razón, un enviado especial ya conversó con el presidente Díaz Ordaz para que detenga esta subversión; y le advirtió que si fracasa, el gobierno estadounidense se verá obligado a intervenir. Derivado de ello, el presidente mexicano admitió que también desea concluir la movilización estudiantil a como dé lugar, pero que estas conversaciones deberán mantenerse en el más absoluto secreto. El secretario de la Defensa Nacional se niega a intervenir con más dureza para evitar el derramamiento de sangre hasta que la inteligencia militar demuestre que el comunismo internacional está detrás de todo esto y que el uso de armas de alto poder es impostergable. Por tal motivo, el presidente Díaz Ordaz está dispuesto a probar un operativo paramilitar con la mayor discreción posible, que obligue a las fuerzas armadas a endurecer su postura.

»Como ven, la inteligencia militar mexicana es miope, y nosotros sabemos con más certeza cómo nacen los movimientos armados del mundo. Estamos más autorizados para saber que este es el momento propicio para detener la marcha del comunismo en México. Los estudiantes regresarán a la calma en cuanto vean la mano dura del gobierno.

»Eso es todo por hoy. Pero deberán conocer de forma física la plaza de las Tres Culturas de la Unidad Habitacional Nonoalco-Tlatelolco, puesto que el Consejo Nacional de Huelga o CNH de los estudiantes realizará un gran mitin de desafío al gobierno el próximo miércoles 2 de octubre, con la pretensión de marchar después hacia el Casco de Santo Tomás para protestar y, de ser posible, lograr que el ejército salga de las escuelas del Instituto Politécnico Nacional. Muy bien, entonces les informo que esta es la única reunión que vamos a realizar, sólo estaremos en comunicación con ustedes a través de sus contactos. Ah, y hagan favor de entregar los documentos que tienen en su poder.

Hoffmann entregó el sobre, recogió su bolso y salió del recinto. Mientras caminaba con la cabeza inclinada, lo alcanzó Sanchez.

—¿Tienes alguna duda?

—Ninguna; sólo me desconcierta que me traigan a México sin haberme dado tiempo para estudiarlo y que tú, a sabiendas de que te conocen tanto la inteligencia mexicana como la soviética, andes tan tranquilo enseñándoles quién soy yo.

—No te preocupes. De igual manera ayudamos a muchos corresponsales extranjeros que abundan en estos días. Se sabe que la olimpiada va a ser cubiertas por un poco más de cuatro mil periodistas, y nos contactamos con ellos y con miles de turistas que están llegando. Los ayudamos a salir de problemas con las autoridades locales; quienes por cierto, son muy amables con cualquier extranjero en estas fechas preolímpicas. Por otro lado, México es como cualquier capital neutral: un nido de espías. Hay una extensa red de informantes en toda la república, tanto para trasmitir la información a la inteligencia americana como a la soviética. Abundan los militares y políticos que trabajan en puestos clave del gobierno, en sindicatos, policías y otras organizaciones, quienes con un buen soborno obtienen información y la trasmiten a través de pariente o amigos a personas de países neutrales; y éstos, a su vez, a los agentes de nuestro país o de la URSS. Por ejemplo, hay un miembro del CNH, quien tiene encuentros clandestinos en el teatro Blanquita con una corresponsal francesa del periódico *Le Monde*, y ésta se contacta en diferentes lugares preestablecidos con un espía de la KGB para recibir instrucciones y dinero; y a su vez, entregar la información. Los tenemos bien reconocidos, fotografiados, y conocemos sus rutas.

»En cualquier lugar hay ambiciosos y resentidos, y aplicar las tres «I»: identificar, iniciar contacto e infiltrarnos para obtener información en México es muy fácil. Como sucede en el ejército, donde hay bajos salarios, y muchos no son ascendidos a pesar de sus años de servicios, pero están en posibilidad de obtener buena información, tanto por dinero como por frustración y odio, además de que tenemos aparatos de escucha en cada oficina tanto del gobierno federal como de los estados de la república. Aunque el *humint* (espionaje humano directo) sigue siendo el mejor sistema.

—Te agradezco que me pongas al tanto de lo que sucede en México —expresó con ironía, y añadió—: Creo que voy al centro de la ciudad a conocer los alrededores. Allí comenzaré mi trabajo tomando algunas fotografías.

—Está bien. Pero te espero mañana a las diez en la cafetería del mirador de la Torre Latinoamericana para desayunar y tratar

MANUEL CALLEROS PAVÓN

algunos asuntos. Sólo lo dices así: «Latinoamericana», y cualquiera te dice dónde está.

Hoffmann se retiraba ya, cuando Sanchez lo llamó: «Ey, Howard. Toma.» Le entregó una pistola Beretta 9 milímetros, semiautomática. «Es sólo para tu protección —agregó—. Procura esconderla bien. En este país está prohibido portar armas, aunque la justicia en México siempre está en venta. La corrupción es una bendición para nosotros y una maldición para los mexicanos, excepto para los encumbrados en la política y los ricos de este país.»

Mientras Sanchez hablaba, Hoffmann sacó el cargador para comprobar que tuviera balas. Contó ocho balas. Después volvió a meter el cargador, cortó cartucho, puso seguro y colocó la pistola en la parte trasera del pantalón, quedando cubierta por su chaleco gris de fotógrafo.

Recibir la pistola lo había hecho sentirse más seguro: tenía la costumbre de salir siempre armado; una costumbre que se había fortalecido cuando en una ocasión, en Nueva York, lo siguieron de cerca por calles cercanas a Central Park. En un callejón, entre las avenidas Columbus y Amsterdam, encañonó a quien lo seguía e impidió ser asesinado. Además, por su tipo de trabajo, evitaba cualquier acto de confianza, como le sucedió en El Cairo cuando tomaba unas vacaciones y dejó su arma en el hotel. Dos árabes lo secuestraron y pidieron rescate a la embajada estadounidense. Estuvo secuestrado una semana. Logró evadirse con la ayuda de dos *Katsas* o agentes del Mossad (inteligencia israelí) que ubicaron a los secuestradores, a quienes liquidaron una vez concluido el rescate con éxito. Él sabía que pudo haberlo evitado si hubiera traído su arma; incluso, recibió una amonestación de sus jefes, por eso le extrañó que en este caso lo hubieran mantenido desde ayer sin un arma.

Caminaba lento y distraído por la acera de la calle Río Sena con rumbo al Paseo de la Reforma, razonando que todavía carecía de instrucciones específicas. Abordó un taxi que lo llevó al Zócalo, en donde empezó a fotografiar la Catedral Metropolitana de la ciudad de México y el Sagrario, el Palacio Nacional y los edificios del Departamento del Distrito Federal en varios ángulos. Poco después del mediodía sintió apetito y decidió probar una de esas *tortas* que venden en México, muy semejantes a las hamburguesas, pero con un pan llamado *telera* que cubre muy variados contenidos,

— 30 —

aunque le habían advertido que si comía en la vía pública podría sufrir de fiebre tifoidea o alguna otra enfermedad que le causaría diarrea y aun la muerte. Se metió a la tortería El Paraíso de la calle Francisco I. Madero y pidió una torta de jamón y queso blanco. Se sentó a la mesa del fondo. Al darle la primera mordida sintió una rara picazón en la lengua, y en la segunda sintió que una llamarada salía de su boca.

—¿Qué es esto? ¿Qué es esto? —exclamó brincando de su asiento—. ¡Malditos! ¿Qué mierda es esto?

Había mordido un tremendo chile jalapeño en escabeche: olvidó pedir la torta sin chile, como le había recomendado un colega latino. Agitando las manos y echando mucha sal en su lengua, alcanzó en dos pasos el refrigerador donde había Coca-Colas. Sacó una con rapidez, y la destapó con la mano temblorosa en el destapador que estaba pegado a la pared. Se bebió el refresco de un trago. La picazón del chile disminuyó, por lo que tomó asiento y sonrió con amabilidad a las caras asombradas de los parroquianos. Rostros que después sonrieron compasivos.

—Es chile, negrito —explicó con malicia uno de los clientes—. Chi-le.

Pagó enojado la cuenta y salió del local. Buscó un restaurante en la misma calle. Se metió al restaurante Sanborns del edificio colonial llamado Casa de los Azulejos y pidió algunos platillos italianos.

—No chile, no chile —le aclaró al mesero, negando con el índice derecho.

Le sirvieron rápido y comió con fruición un espagueti a la boloñesa. En un momento, mientras masticaba con lentitud un bocado, observó el *Mural de los pavorreales* y luego volteó hacia las escaleras para observar la parte que alcanzaba a mirar del mural *Omnisciencia*. Después dirigió su vista a los demás comensales. La mayoría eran extranjeros, orgullosos portadores de la bandera de su nación bordada en la manga de sus camisas o chamarras: franceses, italianos, canadienses. Y entonces sintió la fútil necesidad de tocar en su camisa la bandera de su país. Le llamó la atención una pareja de rubios sentados a pocas mesas de distancia, parecía un matrimonio de fotógrafos. Dedujo que serían finlandeses o noruegos: no portaban distintivos, mas cuando se dieron cuenta de que los observaba, de inmediato se levantaron y salieron. Se percató de que cada uno traía una cámara fotográfica: podrían ser turistas, pero también podrían ser espías soviéticos. Recordó lo que le había mencionado Sanchez: «Es un nido de espías.» Examinó de nuevo a todos los presentes y aceptó que cualquiera podría ser espía. Luego tomó otro bocado de espagueti y sonrió con sus cavilaciones. Alzó la vista y reconoció al hombre de color cetrino que entraba en el restaurante. Era bajo, de vientre voluminoso y mal encarado, de unos cuarenta años, a quien había visto en la tortería. Lo que le llamó la atención es que traía un palillo en la boca y sólo pidió café. Si ya comió a qué se metía al restaurante; pero sobre todo, era un descarado: de inmediato depositó su vista en Hoffmann sin discreción alguna. De seguro era o un ladrón o un espía del servicio secreto local que quería pasar inadvertido, como le sucedió en Hong Kong con dos asiáticos muy torpes que también lo vigilaban, con tal obviedad que de seguro consideraban que vigilar era mantener en observación al vigilado todo el tiempo aunque éste se diera cuenta.

Después de comer, caminó por algunas calles del centro de la ciudad con su rostro iluminado por la luz del atardecer proveniente de un sol naranja que amenazaba ponerse color sandía. Ya cansado de vagar sin rumbo fijo, decidió regresar a su hotel: quedaba muy cerca de donde él andaba por la calle 20 de Noviembre. En el vestíbulo le preguntó al recepcionista si conocía algún lugar típico con mariachis y diversión, a la vez que recorría con sus dedos un largo mostrador de madera pulida, lisa y suave al tacto. El joven recepcionista alzó la cara y contestó en un inglés chapurreado que un lugar muy típico era la plaza Garibaldi con muchos mariachis y cantantes, y con alimentos de primera en el restaurante El Tenampa que quedaba en el mismo lugar. Anotó los nombres de esos lugares en una hoja que le facilitó el recepcionista. Subió a la habitación, se duchó y tomó un descanso.

Ya eran las ocho y media de la noche cuando salió del hotel. Aunque un viento pertinaz humedecía el ambiente, sospechaba que sólo ese fin de semana tendría para conocer la plaza Garibaldi y disfrutar de unas pequeñas vacaciones en México. Sus pasos se discordaban por la gran cantidad de transeúntes que caminaban en las calles. Muchos de ellos eran turistas que iban y venían entre tiendas de regalos, de recuerdos, joyerías y restaurantes.

La calle Francisco I. Madero estaba iluminada, atestada de personas, y vigilada por policías antidisturbios, quienes circulaban en camiones o a pie, en grupos o en parejas. Sintió la pistola que traía en la parte trasera de su pantalón. Pensó que sería casi imposible que alguien lo revisara, y menos si era turista y fotógrafo extranjero. Decidió fotografiar la iglesia jesuita de La Profesa, el Palacio de Iturbide, el templo expiatorio de San Felipe Neri, La Casa de los Franciscanos y a los policías. Éstos se asombraron en un principio, pero terminaron posando *muy* sonrientes para que los fotografiaran. Hoffmann sonrió y agradeció inclinando el cuerpo, y balanceó el brazo derecho al despedirse.

Llegó a la avenida San Juan de Letrán y la siguió con dirección al norte. Así le había explicado el recepcionista esa noche, antes de salir del hotel. Le aseguró que podía llegar caminando. Así procedió y en pocos minutos llegó a la plaza, donde de inmediato se encontró con una gran cantidad de mariachis que esperaban a los clientes para tocarles algunas melodías vernáculas. Aunque no comprendía la letra de las canciones, imaginaba que eran de corte romántico y campirano. Recordó películas de charros bravucones con pistola al cinto que llevaban serenatas a sus enamoradas. Amor y sangre, riñas y balazos por el amor de una mujer. Sonrió al recordar la estupidez que significaba pelear por una dama, ya que es ella quien elige a su pareja. «Pero son películas», justificaba.

Pidió varias canciones, tomó fotografías, se puso un sombrero de charro incrustado con arabescos de imitación plata que le facilitaron los mariachis, y solicitó a otras personas que lo fotografiaran con sus amigos: un magnífico charro negro de casi dos metros de estatura y más de ciento veinte kilos que abrazaba a dos mariachis chaparros. Por un momento se imaginó como un turista cualquiera que llevaría recuerdos, tarjetas postales y fotografías a la familia que lo recibiría con gran amor a su regreso. ¿Qué estaba mal en él? Sabía que la Agencia sólo lo utilizaba y que su sueldo era mucho menor que el de los agentes de tez blanca. De cualquier forma, en otro trabajo siempre sería mal remunerado por sus escasos estudios y por ser negro. Y mientras comía unos tacos dorados de pollo que había pedido sin chile, decidió que saliera como saliera, ese sería su último trabajo y buscaría otro empleo, pero de qué. Quería tener una esposa y muchos hijos, y llevar una vida estable en «una casa bonita» para olvidar las lacras de su existencia. Quizá con una recomendación de sus jefes podría ser alguacil en algún condado de California, pero tendría que salir todo bien en esta misión; si fracasaba, nadie lo recomendaría. Debía echarle todas las ganas para asegurarse un futuro venturoso. Tenía que lograrlo. Por eso guardaba ya sus buenos ahorros y había hecho magníficos planes.

Decidió regresar a su hotel al sentir el frío del relente, poco antes de la medianoche, cuando el ambiente en la plaza era de lo más animado. Había ingerido algunas copas de tequila Sauza y estaba satisfecho de lo que había comido. Se dio una idea de cómo cortar camino para llegar al Zócalo, por lo que caminó por calles menos iluminadas y poco transitadas. Al llegar a una esquina, de improviso salieron dos individuos con sendas navajas. Le anunciaron que era un asalto y les diera todo lo que traía. Él se echó para atrás y en un movimiento instintivo sacó su pistola. En cuestión de segundos disparó a la frente de uno de los asaltantes, quien se desplomó sin vida después de que su cabeza rebotara hacia atrás. El brazo de Hoffmann se movió en uno o dos segundos para detenerse en línea de fuego con la frente del otro asaltante, quien en ese momento ya había dejado caer su navaja y gritaba con el cuerpo rígido: «¡No, jefe! ¡No, jefecito!», y un disparo casi le partió el cráneo en dos.

Giró hacia todos lados con su pistola siguiendo la línea de los ojos. El lugar parecía solitario, si acaso la cortina de la ventana de un segundo piso se movió rápido para cerrarse. Bajó el arma y caminó deprisa sin llegar a correr, aún con la pistola en su mano derecha lista para ser usada. De esa manera recorrió unos cincuenta metros. Volteó, y en un rincón oscuro que había dejado atrás vislumbró la silueta de un sujeto bajo, con una gran panza y un chaquetón negro, quien le recordó al individuo que había visto en la tortería y el restaurante del mediodía. Siguió su camino y se tranquilizó. Cuando llegó a una calle más iluminada y con más transeúntes, decidió ponerle el seguro a la pistola y guardarla en el pantalón. Siempre le habían molestado las palabras «baje el arma», muy utilizadas en las películas de acción, «porque si las digo, les doy una oportunidad para asesinarme. En esta profesión nada debe dejarse al azar; y si hay peligro, debe actuarse de inmediato, sin dejar oportunidades al atacante. La piedad resulta contraproducente frente a un asesino o ante la duda de sus intenciones.»

Esa noche, el flujo de sus abstracciones lo sacudió, como si se hubiera producido un burbujeo de agua hirviente. Dedujo que los asaltantes eran una trampa o una forma de desenmascararlo. Los dos tipos le eran indiferentes, pero su experiencia le sugería que eran señuelos. Le molestaba ignorar cuál sería su tarea y a su vez, tantear que alguien lo conocía y sabía de su presencia, lo cual daba la posibilidad de ser eliminado. Tenía muy presente el incidente de 1964, cuando llegó a Londres a suprimir a un espía de la Stasi (inteligencia de la República Democrática Alemana), quien estaba por escapar con información importante y que tampoco quería su gobierno que Gran Bretaña conociera. Pero un tal «hombre sin rostro», según confirmaron después, dejó pistas que delataron al perseguidor, y los del MI 5 (contraespionaje inglés) lo detuvieron en la estación de trenes Waterloo a punto de cumplir con su misión, permitiéndole así escapar al espía de la Stasi. Este hecho permaneció en secreto después de algunas explicaciones de la CIA, pero permitió que Howard Hoffmann fuera fichado por la inteligencia de otras naciones, tanto amigas como enemigas. Ahora estaba seguro de que lo habían reconocido y lo seguían. Ya lo comentaría con Sanchez, y decidirían en la Compañía si regresaba a su país. Con esas elucubraciones y aprovechando el insomnio, escribió un informe manuscrito pormenorizado de todo lo que sucedió y se habló en la reunión, y de quienes estuvieron allí. Después se quedó en un duermevela turbulento, con la precaución de dejar su pistola debajo de la almohada.

Llegó a la Torre Latinoamericana un poco antes de las diez de la mañana del domingo 29 de septiembre. La conoció el día anterior cuando iba a la plaza Garibaldi. Los elevadores se hallaban en constante movimiento, y al subir después de pagar su boleto, sintió que debía ignorar la mirada de todos esos mexicanos, quienes lo observaban con una viva curiosidad por su altura y fortaleza, su intenso color ébano, el pelo crespo y los dientes de tono perlado visibles al sonreírles a los niños.

Al llegar a la cafetería ya lo esperaba Robert Sanchez, quien lo llamó desde su mesa agitando la mano en alto.

—Hola, ¿cómo estás? —preguntó Sanchez.

—Muy bien, muchas gracias.

Hoffmann se sentó, dejó su bolso en una silla y cogió el menú.

—Sabes qué. Creo que me están siguiendo porque de seguro ya saben quién soy.

—No seas tan paranoico, Howard —espetó con mofa—. Nosotros estamos seguros de que nadie te sigue.

—¿Cómo es que están tan seguros?

—Por el incidente de ayer. Nadie lo sabe ni lo sabrá, pero se me indicó que te recomendara que de ahora en adelante te mantengas el mayor tiempo posible en tu habitación. No queremos correr riesgos.

—Entonces ¿son ustedes los que me siguen?

—Bueno, la Compañía tiene que asegurarse de que no les pase nada y no tengan relaciones perniciosas con nadie.

—Ah, ya entiendo —musitó Hoffmann con gesto magnánimo—. Ahora me pregunto, ¿quiénes son los paranoicos?

Dejaron de conversar. Le hablaron al mesero y pidieron el desayuno.

—No creas que los tenemos abandonados.

Sanchez sacó más dinero mexicano y se lo dio.

—Por lo menos no nos tienen como pordioseros.

—Y por otro lado, no queremos que les pase nada —entonces sacó una caja blanca de cartón con cincuenta cartuchos 9 milímetros de punta hueca y un silenciador para la pistola—. Y que si tienen que defenderse, lo hagan en silencio.

Hoffmann los guardó de inmediato en su bolso.

—De cualquier manera hoy voy a ir a Tlatelolco a tomar fotos y conocer el lugar.

—Debes conocer sobre todo los lugares más apropiados para utilizarlos en caso de realizar una cacería. Recuerda que el próximo miércoles 2 de octubre vamos a estar allí, en el mitin estudiantil. El ejército va a estar con armamento abastecido y algunos guerrilleros también. Además, va a estar un batallón de militares vestidos de civil llamado Olimpia, acompañados de otros militares también vestidos de civil del cuerpo de guardias presidenciales junto con agentes de la policía Judicial Federal y de la Dirección Federal de Seguridad. Ellos van a tratar de arrestar a los cabecillas del movimiento estudiantil para acabar con todo este lío antes de que se inicie la olimpiada.

—Está bien. Entiendo.

Desayunaron en silencio, cada uno con sus conjeturas. Se escuchaba el movimiento de los tenedores y las cucharas, el murmullo de otras mesas y los sorbos de café, leche o jugo de fruta. Hoffmann se preguntaba cuál sería su papel en esa misión mientras saboreaba un bollo de crema de queso. Todo esto lo situaba como un agente comodín. Quizá su trabajo consistiría en dispararles a los dirigentes estudiantiles que escaparan, aunque pensó que el ejército mexicano también debía tener francotiradores que harían imposible que alguno pudiera escapar.

—Bueno, ¿y cuál va a ser mi trabajo?

—Todo a su tiempo, Howard, todo a su tiempo. Tú sólo concéntrate en el edificio Chihuahua que está al este de la plaza de las Tres Culturas, allí en Tlatelolco. Saca fotos y calcula distancias. Necesito que tengas presente los siguientes datos: el edificio Chihuahua tiene 13 pisos, 12 terrazas y 414 ventanas que dan a la plaza, junto con 6 elevadores y 6 escaleras, y cada escalera con 29 descansos.

—Está bien, ya me grabe los datos. Pero yo sólo voy como fotógrafo, ¿o no? ¿Debo llevar la pistola con el silenciador para tirarle a mi objetivo? —preguntó con cierta pulla.

—Así es —concedió Sanchez elevando los ojos al cielo como clamando tolerancia, todavía con un bocado de pan con mantequilla y un vaso de leche en su mano derecha—. Ten paciencia. Después te doy los siguientes pasos.

Dejaron de hablar y terminaron su desayuno.

—Bueno, Howard, ya me voy, tengo mucho trabajo —sacó un billete y lo dejó sobre la mesa—. Termina de desayunar. Nuestra siguiente reunión será el martes primero de octubre a las cinco de la tarde en la biblioteca Benjamín Franklin de la embajada, con domicilio en Londres número 16, colonia Juárez. En punto, ¿eh?

—Está bien, no te preocupes.

Se quedó analizando la situación, pero se desconcentraba por el gentío que pasaba y lo miraba. Decidió subir al mirador. Desde ahí veía la extensa zona urbana de la ciudad e incluso las montañas lejanas. «El valle de Anáhuac», pensó. Después fotografió la Alameda Central y los edificios más cercanos, sobre todo el Palacio de Bellas Artes. La ciudad le pareció irregular, incolora y plana. Meditaba, oteando el horizonte, acerca de su misión del próximo 2 de octubre. Una misión que relacionaba con Corea, cuando en varias ocasiones tuvo que preparar su rifle M1 Garand con mira telescópica para liquidar en forma selectiva a algún alto jefe norcoreano o chino, o al líder de alguna patrulla. Esperaba camuflado por horas, casi en una misma posición. Apostado en algún edificio maltrecho, entre dunas de arena u oculto pecho tierra entre los arrozales. Quizá por ello tenía fijación en los cráneos, siempre localizándolos a través de la mira para asegurarse de que reventaran, para de nuevo volver a su posición de espera o correr como alma que lleva el diablo. En ocasiones, debía cortar cartucho dos o tres veces para eliminar a dos o tres blancos. A través de la montaña era difícil: su actuación se desarrollaba casi siempre en la soledad y en silencio. El ruido de los animales, los ríos y el viento, lo acompañaban con la tensión de los nervios a flor de piel. Y de un momento a otro, el estruendo del disparo, que cuando daba en su objetivo sentía que el arma se hacía un poco más pesada.

—Hola, ¿cómo te llamas? —le pregunto una niña de poco más o menos cuatro años, mientras jalaba la parte baja de la pernera derecha del pantalón.

—¿Qué? —Preguntó volteando hacia abajo con las tripas retorcidas.

Fue como en los tiempos de la guerra, cuando algún compañero herido, casi muerto, lo jalaba del pantalón para pedirle ayuda.

—Disculpe, señor —dijo la madre abrazando a la niña.

Imaginó el significado de las palabras y sonrió. Luego se asomó a las calles, donde deambulaba una gran cantidad de gente. «¿Qué es lo que quieren? ¿Que arrase con ese pueblo por si hay soldados norcoreanos o chinos escondidos ahí?»

Caminó despacio por el pasillo del mirador. Después bajó la escalera hasta la cafetería y subió al elevador. Se esforzaba por resistir la mirada curiosa de los niños y aun de los adultos que lo observaban de reojo como a un fenómeno. «Dejar fuera de combate lo más rápido posible», era la consigna que le habían enseñado todos esos años de actividad clandestina. «¿Compasión? ¿Me estaré volviendo viejo?»

Salió a la calle. Escuchó música y cantantes que reunían a la concurrencia ese domingo en la Alameda: hacia ese lugar se dirigían familias enteras. Él sabía que si iba, sería otro centro de atracción, por lo cual prefirió parar un taxi.

—Tres Culturas. Tlatelolco —ordenó en español.

El taxi siguió la avenida San Juan de Letrán hacia el norte. En el transcurso, Hoffmann vio un teléfono público y le indicó al conductor: «Espere. Teléfono.» Se detuvieron, y él fue hacia el teléfono. Levantó el auricular y marcó un número. Cuando contestaron, informó: «Soy contacto uno, y voy a entregar un sobre con documentos y un rollo de fotografías a las trece horas en la catedral. Espero otro depósito con la cantidad pactada... —permaneció en silencio mientras escuchaba, y concluyó—: Está bien, lo veré más tarde.» Regresó al taxi y continuó por la misma avenida. Cruzó el Paseo de la Reforma y se paró sobre el paso a desnivel o puente de San Juan, frente a la zona arqueológica de Tlatelolco. El chofer señaló el lugar y declaró: «Ahí es.»

—Gracias —contestó, y preguntó—: ¿Cuánto ser?

—Son trece pesos.

—¿Cuánto?

El chofer le dirigió una mirada solemne y le señaló con los dedos. Hoffmann pagó y bajó del taxi. Con pasos lentos revisó la avenida hacia el sur y hacia el norte. Los edificios que se hallaban al otro lado tenían unos ocho pisos, y también parecían buenos lugares para esconder francotiradores. Decidió fotografiarlos, así como a los policías que bajaban o subían de dos autobuses azules estacionados sobre la avenida. Después fotografió el edificio de la Secretaría de Relaciones Exteriores, el templo colonial dedicado al apóstol Santiago, la zona arqueológica y la Vocacional 7. Caminó por el corredor ubicado entre la vocacional y la zona arqueológica, hasta la plaza de las Tres Culturas. Iba en medio de la gente y de policías antidisturbios que caminaban en grupos. Ya en la plaza volvió a fotografiar todo a su alrededor, enfocando con cuidado tanto el flanco norte como el flanco sur del edificio Chihuahua. En ese momento, empezaron a rodearlo algunos niños y vendedores ambulantes. Le molestaba llamar tanto la atención. Quería entrar en el edificio Chihuahua para obtener fotografías desde arriba, por lo cual decidió bajar las escaleras de la plaza que están frente a la planta baja del edificio, pero las miradas de curiosidad se multiplicaron. Lo acompañaba una cauda de niños, quienes brincaban a su alrededor y hablaban como tarabillas, convirtiéndolo así en su objeto de irrisión. Entonces, en el último peldaño se tropezó, y a punto de caer se le subió el chaleco y dos niños vieron la pistola. «¡Tiene una pistola! ¡Tiene una pistola!», gritaron los niños y corrieron. Él entendió la palabra *pistola*. Se puso nervioso y caminó atolondrado al extremo sur del edificio. Dobló hacia el este y cruzó rápido el estacionamiento, para llegar precipitado al Paseo de la Reforma, frente a la Glorieta Cuitláhuac. Siguió hacia el norte, rumbo a la Glorieta de Peralvillo. En cuanto pudo detener un taxi, se alejó.

—Zócalo, señor, Zócalo.

Con el ronroneo del motor, recordó sus idas y venidas en Corea, sus horas de espera y sus horas de marcha por angostos senderos zigzagueantes, y las cruentas batallas a veces destrozándose cuerpo a cuerpo en inhóspitas aldeas. Sus repliegues a Seúl y sus avances a Pyongyang, el estallido de las bombas, el zumbar de las balas, los compañeros heridos; la sangre, los intestinos y los cráneos de los muertos. Supo después que en los años que iban de 1950 a 1953, se cuantificaron más de nueve millones de muertes en total. Le vino a la memoria el llanto de los niños en las calles y en las carreteras, quienes le pedían comida; lo seguían, lo tocaban y le rogaban. Niños que ante cualquier amague con el arma se tiraban al suelo y se arrastraban o corrían hasta quedar fuera de su alcance. Tenía muy pendiente aquella ocasión, al atardecer, cuando un grupo de niños le pedían algo con sus voces chillonas y su lenguaje incomprensible. Lo desesperaron, y en un momento de ira, volteó su rifle M1 y disparó al grupo que corría a toda prisa. Murieron entre seis y ocho, nunca lo supo ni le dio la mayor importancia. Después vino el silencio y sus justificaciones: «Se lo merecían. Qué no saben que no estoy para mierdas. Además es mejor así, tienen una vida muy miserable.» El asesinato de niños lo repitió en varias ocasiones más: había descubierto que eso le aminoraba las tensiones de la guerra.

Llegó al Zócalo a las 12:15, así que faltaba tiempo para su cita en la catedral, por lo que decidió ir al hotel y descansar un rato. Pidió al recepcionista que le mandara comprar un sobre tamaño oficio. Ya en la habitación, se acostó y clavó su mirada en el techo, cerrando toda comunicación a la realidad. Minutos después, la recamarera llamó a la puerta y le entregó su encargo. Le dio una propina y cerró de inmediato. Sacó su manuscrito del bolso y lo metió en el sobre junto con el rollo de fotografías.

Era ya casi la una, por lo que bajó con su bolso y su cámara, y se dirigió de inmediato a la catedral. Entró por la puerta principal y se sentó en la penúltima banca de la derecha. Observó con curiosidad a las personas que deambulaban por ahí. Como desconocía quién era su contacto soviético, tuvo que esperar mientras admiraba las bancas de cedro estilo barroco, así como los retablos y pinturas, los altares con sus láminas de oro y al fondo los órganos monumentales, todavía con los rastros de algún incendio. Imaginó la historia de ese lugar: sabía de los siglos que lo fueron formando, las miles de reliquias conservadas allí, así como las criptas bajo la catedral que conservaban los restos de personalidades ilustres de la historia de México. Imaginó también los restos prehispánicos debajo de las criptas, como el juego de pelota. Todo un mundo de vidas y muertes, con una inquisición sanguinaria y terrible.

—Buenas tardes, señor Hoffmann. No mire hacia atrás. Deje el sobre en la banca y luego vaya a la salida. En dos horas llame al Chase Manhattan Bank para confirmar el depósito de los diez mil que pidió. También le dejo esta postal que le envía su amigo Andrei —dejó caer la tarjeta postal amarillenta a un lado de Hoffmann—. Y hasta la próxima.

Howard Hoffmann dejó el sobre, recogió la postal y la guardó en un bolsillo de su chaleco. Después se levantó para dirigirse hacia la puerta y al voltear, lanzó una mirada de soslayo. El hombre hincado en la banca de atrás era un joven rubio con una gabardina negra. A su lado, una mujer rubia que cubría su cabeza inclinada con una pañoleta azul turquesa. Luego salió, y fotografió en varios ángulos la fachada barroca y neoclásica de la catedral y la capilla del Sagrario. Se preguntó si esa pareja sería de Rusia: la dicción entrecortada le pareció que era como el inglés que hablaban los alemanes.

Regresó a su hotel sin darse prisa, y ya en su habitación se sintió emocionado de haber recibido un justo pago por sus servicios. Diez mil dólares se unirían al resto que ya tenía en el Chase Manhattan Bank. Después de todo, sólo hacía lo que era mejor para él: nadie vería por su futuro y mucho menos la Agencia que servía a un gobierno surgido de las grandes empresas cuyo único interés era el enriquecimiento. Un gobierno que le ordenaba al ciudadano común que luchara por la patria, pero esa patria eran los gobernantes y los ricos. El resto de los ciudadanos sólo eran carne de cañón que con el pretexto del patriotismo, morían por aquellos que vivían en la opulencia, sin necesidades ni carencias, sin peligros ni sobresaltos. Tanto a Corea como a Vietnam, sólo iban a la muerte los pobres, y si sobrevivían, quedaban discapacitados o desempleados, con miserables pensiones de guerra: toda una decepción. En su país empezaban a entender tal situación, y las protestas contra la guerra de Vietnam ganaban fuerza, sobre todo con la resistencia de los jóvenes al servicio militar obligatorio como lo hizo el boxeador Mohamed Alí. Por eso, era hoy o nunca: el tiempo pasaba y los años se perdían. Además, justificaba su actuación como su Némesis: a su raza la tenían segregada, humillada y empobrecida; carecían de igualdad, dignidad y respeto.

Recordó la postal que le envió su amigo Andrei, quien cuatro años antes lo contactó en Miami y le abrió los ojos al enterarlo del poco sueldo que él recibía en comparación con un agente de raza blanca. Le explicó que no recibiría ni las gracias de su gobierno, y mucho menos un ascenso o un empleo digno al retirarse. La tarjeta postal era de Kiev, Ucrania, y la nota venía escrita en inglés:

> Hola, amigo:
> Te mando un saludo y un fuerte abrazo desde Kiev, y te deseo mucho éxito en tu nuevo trabajo.
> Tu amigo que siempre te recuerda, Andrei Penskov.

Por la tarde salió del hotel y caminó media cuadra, a un local para llamadas de larga distancia. Se comunicó al Chase Manhattan Bank en Nueva York —a un número clave donde lo atenderían aunque fuera domingo— para confirmar el depósito del dinero pactado a su cuenta personal. Muy satisfecho, regresó al hotel y pasó la tarde descansando y mirando por televisión los primeros programas en color que había en México, aunque sin entender los diálogos. Permaneció en el hotel, a fin de seguir las indicaciones de Sanchez y evitar cualquier posible riesgo. Pero en la madrugada, golpearon con discreción la puerta.

Se incorporó deprisa con pistola en mano.

—¿Quién? —preguntó en voz baja.

—Howard, soy Bobby. Necesito hablarte.

Giró el pomo despacio, con la pistola hacia arriba por si Robert Sanchez venía como rehén de alguien. Entró la luz grisácea del pasillo a la habitación oscura. Atisbó hacia los lados para comprobar que nadie lo siguiera.

—Pasa.

Sanchez negó con la cabeza mientras bajaba el cuello del impermeable que traía vuelto hacia arriba.

—Tengo una cuestión muy importante que decirte —replicó—. Vente al pasillo, desconfío de tu habitación.

—Está bien, dime qué pasa.

—Interceptamos un mensaje enviado a Israel por uno de sus *topos* ubicado en la Dirección Federal de Seguridad. Aún ignoramos quién le notificó a él o de dónde se filtró la información, pero el mensaje dice que *algo* se está cocinando en la CIA con respecto al 2 de octubre en Tlatelolco, sin especificar detalles ni dar nombres. La inteligencia israelí necesita saber con más detalle cómo está la situación en México para proteger a sus atletas y turistas que vienen a la olimpiada. Por eso, están todavía por decidir su participación en estos Juegos Olímpicos: México no les puede garantizar una seguridad total. Pero lo que más nos preocupa es que este individuo que quiere saber nuestros planes es una persona de confianza del secretario de Gobernación. Corremos el riesgo de que se descubra nuestra intervención y se eche a perder la operación *Mexican Freedom*. Este individuo oculta secretos importantes a su jefe inmediato, el capitán Fernando Gutiérrez Barrios, director federal de seguridad y amigo personal del secretario de la Defensa Nacional. Así que el general Marcelino García Barragán tiene información —que considera dudosa— del movimiento armado que pretende atacar al ejército en el Casco de Santo Tomás, pero ignoran nuestra intervención, lo que este individuo de la DFS está investigando. Y la verdad, hay agentes que te están siguiendo. Ten mucho cuidado de hablar con desconocidos que parezcan inofensivos.

—Entendido. Hasta el momento no he platicado con nadie —apuntó, calibrando los comentarios de Sanchez, quien despedía un ligero olor a transpiración. «¿Me estará tanteando?» Su cerebro trabajaba rápido, sacando conclusiones y repasando detalles—. A menos que el gordo chaparro que parece seguirme tenga algún cometido en este asunto.

—Estamos siguiendo pistas. Sólo te aviso que tengas mucho cuidado hasta que te demos luz verde. Nos urge que no haya más filtraciones para que no nos echen a perder la fiesta, porque quién sabe si volvamos a tener una oportunidad tan clara para detener con pocos daños y pocas bajas al comunismo internacional en México.

—¿Y cuál va a ser mi misión en la operación *Mexican Freedom*?

—Todo a su tiempo, Howard. Sólo ten cuidado. Y ya sabes, te espero el martes a las cinco de la tarde en la biblioteca. Allí saldrás de todas tus dudas.

Se despidieron con un apretón de manos. Hoffmann permaneció como hipnotizado, con la mirada fija en dos platos decorados con oro florentino, pintados en rosa y guinda que resaltaban el fondo blanco de la pared. Luego regresó a su cama en un evidente estado de tensión. Se dio cuenta de que en esta ocasión estaba más aprensivo que en otras misiones. «Definitivamente ya no aguanto, ya no quiero otro trabajo. Ya no, ya no.» Entre su nebulosa ensoñación se manifestó su adolescencia en Oklahoma City, cuando desempleado recorría los suburbios, acompañado siempre de su amigo arapajo Raoul Pajoo. Uno de esos días, con un viento de junio muy caluroso que sofocaba el rostro y levantaba tolvaneras que aminoraban la visibilidad de los caminos, distinguieron a lo lejos un automóvil nuevo Dodge Wayfarer verde lechuga de donde se apearon cuatro blancos para juguetear con su hermana Soane de escasos doce años y con su amiga Mavis de la misma edad. A la distancia, los vieron bajarse las braguetas y enseñarles sus penes, entre risotadas estruendosas de borrachos. Ellas trataban de defenderse y ocultar la cara a los eructos de los vientres de tonel, pero aquellos hombres las empujaban y trataban de abrazarlas. Al ver a Howard y a Raoul, las muchachas corrieron hacia ellos, y entonces todos juntos se dispararon en dirección contraria. Aquellos blancos subieron al vehículo y dieron vuelta en redondo para perseguirlos tocando las bocinas y escandalizando con gritos obscenos e injurias. Las niñas se metieron en un caserío, donde los negros se alarmaron y sacaron sus escopetas; pero Howard y Raoul aceleraron su estampida hacia el despoblado, provocando que los persiguieran con el auto que daba bandazos por la irregularidad del campo. Se dividieron y trataron de esconderse entre los matorrales, pero aquellos sujetos llenos de odio, gritaban: «¡Desgraciados! ¡Los vamos a matar! ¡Apestosos! ¡Muertos de hambre!» Y encontraron a Raoul. Lo golpearon con saña en el rostro y el vientre hasta casi matarlo. Howard se escondió horrorizado, sin moverse, con el rostro impasible, casi sin respirar. Parecía un presagio de su futura vida de tribulaciones. En la guerra, como francotirador templando sus nervios, esperando, con el profundo temor a ser descubierto. Y después, durante su borrascosa vida en la CIA, esa misma sensación que lo agobiaba, siempre a la caza de presas nocivas para su país. Ya estaba agotado de todo eso, de ese miedo que le producía la posibilidad de ser apresado y terminar como su amigo Raoul, con el rostro desecho, ensangrentado, y con aquella respiración líquida y dificultosa, escupiendo sangre. Ese mismo agravio podría pasarle a él y morir, como murió Raoul dos días después por ruptura de vísceras y hemorragia interna.

CAPÍTULO III

LA ESPERA

A las diez de la mañana del lunes 30 de septiembre, Hoffmann bajó al restaurante El Centro del hotel a desayunar. Pidió un jugo de naranja, huevos revueltos con jamón, un pan de dulce y café negro. Y mientras comía se le acercó una joven con polo carmesí y pantalón vaquero, y más atrás, esperando, un joven con suéter cerrado color marrón y pantalón café de pana, ambos de diecinueve o veinte años.

—Disculpe, señor, ¿es usted fotógrafo? —preguntó en inglés.

Hoffmann agarró de súbito el respaldo de la silla con su mano derecha. Recordó la advertencia de Sanchez: «Ten mucho cuidado de hablar con desconocidos que parezcan inofensivos.» Y volteó hacia la joven morena de rostro ovalado, ojos rasgados y nariz chata, quien contraía los músculos de todo su cuerpo en actitud expectante.

—Sí —afirmó mientras sostenía su vaso de jugo de naranja en su mano izquierda.

—Sabe, mi hermano y yo estudiamos inglés y... quisiéramos... pedirle... si nos deja practicar con usted.

—Practicar conmigo, ¿por qué?

—Bueno, necesitamos hacerlo con alguien que hable inglés.

—Si usted quiere —interrumpió el joven que tenía la misma baja estatura y los mismos rasgos que ella—, podemos llevarlo a conocer lugares de la ciudad... y usted charla con nosotros.

Juzgó que estaría bien. Ellos podrían traducirle para conocer la situación en México, y de paso conocer algunos lugares turísticos de la ciudad.

—Está bien. Tomen asiento. ¿Quieren desayunar?

—No, gracias.

—Entonces tómense un café conmigo y platiquemos.

Se sentaron, y ambos pidieron café con crema.

—¿Y dónde estudian inglés?

—Tenemos tres años estudiándolo en el Centro de Estudios de Lenguas Extranjeras de la UNAM. Pero estamos en... —entonces la joven abrió su diccionario y busco la palabra— en huelga.

—Ah, sí. ¿Y ustedes van a los mítines?

—A veces yo voy —asintió el joven—, pero ella no. Dice que es pérdida de tiempo, que es mejor estudiar.

—Ella tiene razón. Y a todo esto, ¿cómo se llaman?

—Yo soy Carola Gómez Solórzano y él es mi hermano Luis.

Terminó de desayunar y ordenó más café. En la sobremesa, les pidió que lo llevaran al Museo de Antropología; lo había oído mencionar y lo había conocido a través de los libros por su afición a la lectura, aunque su preparación formal era limitada: la segregación racial y la pobreza sólo le permitieron estudiar la educación secundaria a pesar de sus excelentes calificaciones.

Juntó sus pertenencias y salió con sus nuevos amigos a la calle. A esa hora, los alrededores del Zócalo empezaban a llenarse de automóviles, con su cotidiano concierto de bocinazos, gritos, insultos y rechinidos de llantas. También empezaban a rondar por las calles los pordioseros ancianos, jóvenes y niños; los organilleros, y toda clase de vendedores ambulantes. Los boleros llamaban a las personas de traje para lustrarles el calzado. La muchedumbre iba y venía como en cualquier ciudad del mundo; sobre todo, de los países en desarrollo: la pobreza era el común denominador de quienes deambulaban con rostros aburridos, molestos y desilusionados, y los pocos que sonreían eran rarezas en el paisaje urbano. En el silencio de sus consideraciones, recordó lo que un año antes le había dicho con respecto a México un instructor de tiro en el cuartel general de la CIA en Langley, Virginia: «México carece de nuestro espíritu emprendedor o el de algún país europeo. Está en el área de seguridad de los Estados Unidos, y es como un colchón que amortiguará cualquier golpe que llegue de abajo, del sur. Por tanto, no debe tomar sus propias decisiones porque eso no lo permitiremos nunca. Tampoco puede ser un país del primer mundo con un sistema industrial, tecnológico y financiero que pudiera llegar a ser por sí mismo una amenaza para nosotros. Y creo que no lo lograrían, aunque les diéramos todas las facilidades. Tampoco puede ser un país con otra revolución o inestabilidad causada por la pobreza o por la ambición de sus políticos, porque sería en última instancia una amenaza armada que podría ingresar en nuestro suelo, como lo hizo Pancho Villa. México debe seguir siendo el principal exportador de esclavos para satisfacción del pueblo americano, con una amplia dependencia financiera, tecnológica y empresarial, lo cual nos sirve de válvula para regular su desarrollo de acuerdo con nuestros intereses. A fin de cuentas, los mexicanos son incapaces de alguna innovación, porque de no ser por los europeos y ahora por nosotros, su desarrollo estaría todavía en la época lejana de los aztecas, con palos y espadas de obsidiana como armas, el barro para sus comedores, la leña para sus estufas y el lomo como su medio de transporte. Ellos no han aportado nada a la humanidad. Son tan útiles como los burros que alimentamos con nuestras sobras.»

—Tomemos un taxi —sugirió Hoffmann.

—Sí, porque está muy lejos de aquí.

En el taxi, decidió plática con ellos para enseñarles inglés.

—¿Y qué estudian?

—Yo quiero ser traductora, por eso estudio la licenciatura en inglés.

—Yo estudio el tercer año de economía en la Escuela Nacional de Economía de la UNAM. ¿Y usted de dónde es?

—Yo soy de Oklahoma, allí crecí y tomé algunos cursos de fotografía.

Hablaron del clima, las ciudades de ambos países, los lugares turísticos de México, las carreras universitarias en Estados Unidos —de las que Hoffmann sabía muy poco— y de la próxima olimpiada. La plática permitió que los jóvenes se expresaran en inglés con más fluidez, conforme ganaban confianza.

Hoffmann supo que llegaron al avistar la piedra monumental tallada con la imagen del dios Tláloc ubicada allí como un anuncio publicitario. Les comunicó que él pagaba las entradas, pero los jóvenes habían olvidado que el museo cerraba los lunes. Se sintieron decepcionados, y caminaron con lentitud de regreso al Paseo de la Reforma. Los ojos perspicaces de Hoffmann recorrieron la avenida. Descubrió entre los árboles, tras un seto de cedros podados, a un individuo de unos cuarenta años, bajo, ojos ladinos, panza prominente, pulóver de rombos sin mangas y sombrero de felpa gris pasado de moda, quien lo miraba con fijeza. Podría ser quien siempre lo seguía, pero también podría ser un simple curioso.

Decidió comprobar si esa persona lo seguía a él o nada más paseaba por ahí.

—Voy a la embajada de Canadá. Me dijeron que está un poco más allá. Necesito ir solo, pero no se vayan, espérenme aquí, por favor.

—Sí, cómo no —concedió la joven.

Recogió su bolso y caminó hacia el lado contrario del Paseo de la Reforma, rumbo a la calzada Mahatma Gandhi. Antes de llegar a dicha calzada, se fue por el costado izquierdo del museo y se escondió en un eucalipto de tallo ancho. Por cinco minutos se quedó parado, muy derecho, sin alcanzar a ver si alguien venía. Recordó el juego de Kim que mencionaba: en estado de tensión, el cerebro debe mantenerse funcionando. El lugar estaba solo y nadie venía, pero antes de renunciar y salir al descubierto, pasó el que lo venía siguiendo. De inmediato sacó una cuerda que siempre traía junto al cinturón. Lo alcanzó por atrás a hurtadillas. Pasó la cuerda sobre la cabeza, cruzando las manos en un movimiento muy practicado, profesional; y sujetó con firmeza el cuello. El individuo trató de sacar la pistola que traía en la parte izquierda del pantalón, pero se le resbaló y cayó al pasto.

—No... por... fa... vor —pronunció con dificultad.

—¿Qué buscas? —le preguntó en inglés.

—¿Q... qué?

—¿No sabes inglés? Entonces muere.

Estiró la cuerda, estrangulándolo con tal fuerza que las convulsiones de desesperación y los manotazos hacia el rostro de Hoffmann se hicieron cada vez más lentos, hasta que el cuerpo se aflojó por completo. Entonces apretó con más firmeza por si estaba intentando engañarlo, mas la lengua amoratada y la sangre que escurrió por la nariz le dieron a entender que aquel hombre ya había muerto. Recogió su cuerda, y la volvió a poner junto a su cinturón con suma pericia. Después revisó la ropa del cadáver y encontró dinero, una licencia de manejo y varias credenciales que lo identificaban como agente de la Dirección Federal de Seguridad. Recordó que traía la tarjeta postal de Kiev que había recibido en la catedral. Se había quedado con la duda de si esa postal era una trampa o en realidad era de su amigo Andrei, así que prefirió que los mexicanos dedujeran que los soviéticos habían cometido el crimen y que por un descuido se les había caído la postal. «Los mexicanos saben que éste me sigue, y de seguro pensarán que yo lo maté. Debo hacerles creer que fueron otros quienes lo mataron.» La limpió con su pañuelo para evitar las huellas y la dejó a unos tres metros del cuerpo, de esa manera se deshacía de una evidencia que podría comprometerlo si Sanchez o algún otro agente de la CIA o del FBI se la encontraba.

Regresó al frente del museo para encontrarse de nuevo con los jóvenes estudiantes.

—Muy bien, muchachos, vamos al zoológico y al lago de Chapultepec para que me los enseñen.

—Me temo —concluyó Luis— que también están cerrados, así como el Castillo de Chapultepec.

—Entonces tomemos un taxi y vayamos a cualquier otro lugar.

Hoffmann cruzó el Paseo de la Reforma y luego caminó hacia el este, procurando alejarse de ese lugar. Los jóvenes lo siguieron extrañados.

—¿Y a qué manifestaciones fuiste, Luis? —cuestionó Hoffmann, mientras fijaba la mirada en el suelo, observando bolitas aplastadas de chicle, envolturas de dulces, colillas, corcholatas, excrementos de perro y trozos de papel de estaño.

—Bueno, fui a la manifestación del rector el primero de agosto, donde no pasó nada, y también estuve en la que llegó al Zócalo el 27 de agosto. En ésta hubo una gran caravana que inició en el Museo de Antropología. Ya en el Zócalo, las campanas de la catedral retumbaron en ecos por toda la plaza como campanadas de victoria. Y también se insultó mucho al gobierno, principalmente al presidente Díaz Ordaz. Recuerdo que al día siguiente supimos que la guardia de estudiantes establecida allí, fue... ¿cómo se dice?... expulsada en la madrugada del 28 por el ejército y la policía. Creo que hubo algunos muertos.

—¿Fueron las únicas a las que fuiste?

—No, también fui a la gran manifestación del silencio el 13 de septiembre que también comenzó en el Museo de Antropología, donde muy pocos hablaron y algunos se taparon la boca con tela adhesiva, pañuelos o con las manos, y sólo se oían los pasos.

—¿Y qué piden los estudiantes?

—No recuerdo bien.

—Yo sí —intervino Carola—. Quieren suprimir el artículo 145 del Código Penal Federal que trata del delito de disolución social. Además, piden la liberación de los estudiantes y los presos políticos, y que les... les paguen por daños. También que desaparezcan los *granaderos*, como se le conoce a la policía antimotines. Y que despidan a los jefes de la policía.

—Bueno, para quitar artículos de un código se necesita tiempo para escuchar las opiniones a favor y en contra, y que lo apruebe el congreso. Las leyes no se quitan por la presión de estudiantes —hablaba lento para que entendieran su pronunciación en inglés—. Por otro lado, los prisioneros tendrían que clasificarse como presos políticos, porque mientras exista ese artículo sobre la disolución social, hay un delito específico. Se necesita tiempo para quitar el artículo y liberar a los prisioneros. En cuento a los jefes policiacos, pueden quitarlos y poner a otros iguales o peores, y no pueden quitar cuerpos policiacos porque entonces se dejaría desprotegida la ciudad. Creo que son peticiones inaceptables, cuando menos a corto plazo. Más bien, creo que hay un fondo malicioso en este movimiento y las peticiones son una cortina de humo.

—Verdad que sí —aseveró Carola—. Por eso yo no ando en estos... ¿cómo se dice?... escándalos. Porque más o menos conozco cómo actúan los gobiernos represores. Un maestro nos dijo en clase: «En México, los políticos tienen dos características: primero, todos, *absolutamente* todos, van por una *lanita*, o sea, dinero; y segundo, son mentirosos por sistema y por estrategia. Mienten a la colectividad y mienten a las personas con quienes conviven. Sólo tienen lealtad para sí mismos.»

—Por eso. De eso se trata. De tirar al dictador —comentó Luis con cierto resentimiento.

—Sí, es cierto, pero como les digo, también se corre el riesgo de quitar lo malo para poner lo peor, como podría ser o un gobierno comunista autoritario o que haya un golpe de estado militar y se instale una dictadura mucho más severa, lo cual sería nefasto de cualquier forma —concluyó Hoffmann.

Llegaron a la altura del Museo de Arte Moderno. Hoffmann especuló que su misión podría relacionarse con defender al dictador de un pueblo cansado de tanto autoritarismo, deseoso de democracia, igualdad y libertad: sabía que la dictadura de un país como México significaba materia prima barata y mayores ventas de productos estadounidenses, lo cual se reflejaba en una mayor riqueza para su país. Pensaba que algún día su raza tendría los mismos beneficios que los blancos, y lo que él efectuara para preservar la dictadura en México se reflejaría en un mejor nivel de vida para los negros. Sobre todo para él, cuando ya tuviera una buena fortuna.

—¿Y qué piensan de la olimpiada?

—Otro pan y circo para las masas —indicó Carola.

—Es un gran negocio, ¿no creen?

—Por supuesto, y para proyectar al país hacia el turismo y captar inversión extranjera —contestó Luis muy entusiasmado: tocaban el tema de sus estudios.

En ese momento, llegaron al Monumento a los Niños Héroes.

—¿Quiénes son estos?

—Son los niños héroes, estudiantes del Colegio Militar que murieron en 1847, cuando Estados Unidos nos invadió y nos robó con el Tratado Guadalupe-Hidalgo las provincias de Nuevo México y la Alta California, que junto con Tejas equivalía a la mitad de nuestro territorio nacional —contestó Carola con un dejo de amargura y provocación.

—Bueno, los de mi raza no estuvieron allí —se apresuró a contestar Hoffmann— porque los americanos de esos días eran puros blancos, y como siempre, sin respeto por nada ni por nadie, y mucho menos por los negros de esa época y de ésta.

—De cualquier manera, el territorio nunca ha sido del pueblo de México —agregó Luis—, o son los extranjeros o son nuestros gobernantes quienes se llevan las ganancias. Necesitamos un comunismo moderado que reparta los beneficios a todos, y que nos obligue a ser productivos, porque tenemos una gran cantidad de flojos, quienes piensan que trabajar es sólo usar el cuerpo. Necesitamos más ciudadanos que usen el cerebro.

En ese momento, unos quince jóvenes corrían con botes en sus manos, y gritaban: «¡Libertad a los presos políticos! ¡Que mueran los granaderos!»

—¡Córranle, compañeros, ai vienen los gorilas!

Segundos después, un granadero con su macana en alto llegó a donde se encontraban Hoffmann y sus amigos.

—¡Órale, cabrones!

—No, nosotros estamos aquí con este periodista gringo —contestó rápido Carola.

El policía calibró la muralla negra que alzaba la mano extendida como marcando el alto para defender a Luis y Carola. Después de vacilar por unos segundos, el policía decidió continuar persiguiendo a los otros que iban corriendo.

—Mejor vámonos de aquí —sugirió Hoffmann—. Saben qué, vamos al Estadio Olímpico México 68. Dicen que tiene forma de cráter y quiero conocerlo.

—Pero quién sabe si haya problemas —repuso Carola—, porque el ejército tomó la Universidad y el estadio está a un lado de la Universidad.

—De cualquier manera, creo que podemos ir porque los atletas ya deben estar entrenando allí, y yo estoy acreditado como fotógrafo de prensa.

—Está perfecto. Vamos —concluyó Luis.

Se dirigieron al Estadio Olímpico México 68. Y mientras iban en el taxi, siguieron intercambiando opiniones.

—¿Por qué el ejército tomó la Universidad? —preguntó Hoffmann.

—Porque buscaban armas y comunistas.

—Oh, ya entiendo.

Bajaron por periférico, después siguieron avenida San Jerónimo e Insurgentes Sur. Llegaron al estacionamiento este del estadio. Se dieron cuenta de que algunos camiones militares con efectivos del ejército salían en convoy de Ciudad Universitaria.

—¿Qué pasa, eh? —se extrañó Carola.

—Es que anunciaron por radio en la mañana que hoy dejaba el ejército la Universidad —afirmó el taxista.

—¿Qué dijo? —preguntó Hoffmann.

—Que hoy deja el ejército la Universidad —tradujo Luis, echando una ojeada con curiosidad a los militares.

Pagaron y bajaron del taxi. Hoffmann cruzó de inmediato la avenida Insurgentes Sur para obtener algunas fotografías de los camiones militares repletos de tropa. Cuando se alejaron, llegó al otro lado de la avenida. Desde ahí llamó a los jóvenes para que lo siguieran. Luis y Carola cruzaron la avenida y llegaron junto a él. Tenían curiosidad por ver cómo había quedado la Universidad tras la ocupación del ejército.

Caminaron por la explanada de Ciudad Universitaria entre bolsas y hojas de papel, periódicos viejos y cajas vacías: la basura que el viento arrastraba en un ir y venir, formando remolinos. Era un pueblo fantasma, como cuando entró por primera vez en Pyongyang. Una ciudad abandonada por completo al retirarse los norcoreanos y con ellos la población casi en su totalidad. Pero en aquella ocasión él iba armado, escondiéndose de los francotiradores.

Llegaron a la Torre de Rectoría, donde vieron vidrios rotos, archiveros tirados, sillas y escritorios desordenados en las oficinas, además de paredes y puertas con graffiti.

—¿Qué dice ahí?

—Algunas dicen: MUERA CUETO; ASESINOS; LIBERTAD PRESOS POLÍTICOS; ABAJO ART. 145; BASTA CORRUPCIÓN; LIBROS SÍ, BAYONETAS NO; VIVA EL CHE; y otras más.

—Así dejaron los estudiantes cuando ingresó el ejército, ¿verdad?

—Supongo que sí.

—Y estos papeles tirados, ¿qué dicen?

—Algunos tienen el retrato del *Che* Guevara, otros el de Mao, y otros mencionan los seis puntos del pliego petitorio:

1. Libertad de todos los presos políticos.
2. Derogación del artículo 145 del Código Penal Federal.
3. Desaparición del cuerpo de granaderos.
4. Destitución de los jefes policiacos Luis Cueto, Raúl Mendiolea y A. Frías.
5. Indemnización a los familiares de todos los muertos y heridos desde el inicio del conflicto.
6. Deslindamiento de responsabilidades de los funcionarios culpables de los hechos sangrientos.

Consejo Nacional de Huelga (CNH)

—Me voy a llevar algunos. Me pueden servir para escribir algún artículo.

Guardó varios montones en su bolso. Se acordó de la postal de Andrei, y estos volantes podrían servirle de igual manera para culpar a los comunistas de algún acto en el futuro. Por eso le daba coraje que la Agencia le tuviera desconfianza, y que a estas alturas le ocultaran su misión en México.

—Esos murales son interesantes. ¿Son de Diego Rivera?

—Sólo algunos —contestó Carola—, otros son de David Alfaro Sequeiros y otros de Juan O'gorman, pero desconozco cuáles.

—Esta es la explanada de Ciudad Universitaria —agregó Luis—. Dicen que se construyó sobre una ciudad llamada Cuicuilco, y que hace dos mil años fue sepultada por la lava del volcán Xitle. Son historias. ¿Quién sabe si sean verdad?

Mientras se dirigían a la Biblioteca Central, llegaron unos cincuenta jóvenes, algunos brincaban y agitaban o lanzaban al aire sus suéteres y chamarras. La mayoría de las jóvenes en pantalones, aunque muchas también en minifalda. Todos echaban porras a la Universidad y vivas a la Autonomía. Hoffmann empezó a fotografiarlos y a sonreírles.

—Son del Consejo Nacional de Huelga y otros estudiantes en general —manifestó Carola.

—Sí, me imagino que están contentos de recuperar su universidad.

Uno de esos jóvenes con ropa multicolor, pelo largo y barba de chivo, se acercó a él haciendo la V de la victoria con los dedos índice y medio de la mano izquierda.

—*Peace and love, black brother*. ¿Quieres una fumadita? —le preguntó, y le ofreció un cigarrillo de marihuana que traía en la mano derecha—. ¿No? Bueno, *see you later, Alligator, after a while, crocodile.*

Y se alejó abrazando a otros jóvenes.

Hoffmann y sus amigos decidieron seguir explorando la Universidad. Llegaron a la Facultad de Filosofía y Letras, donde las aulas estaban con pupitres y escritorios desordenados y rotos, en las mismas condiciones que la biblioteca y la rectoría.

—Todo parece estar igual y ya quiere llover, mejor vámonos. Además, ya tengo hambre. Si quieren los invito a comer en el centro.

—Está bien, vamos —aceptó Luis sin consultar a Carola.

Regresaron a la explanada y después a Insurgentes Sur. Luego pararon a uno de esos taxis que llamaban *cocodrilos*: a los lados llevaban dibujados unos triángulos alineados que les daban el aspecto de una hilera de dientes puntiagudos. Le pidieron al taxista que los llevara al Zócalo, pero Hoffmann sugirió que mejor los llevara al Sanborns de los Azulejos.

—¿No es muy caro allí? —preguntó Carola.

—No se preocupen, yo los invito.

Viajaron en silencio, sopesando las experiencias que habían adquirido en esas horas de convivencia juntos. Los jóvenes hermanos se percataron de que el inglés se volvía más automático y fluido, pero que todavía necesitaban más práctica. Hoffmann descubrió que los rostros de los mexicanos tienen sus diferencias, aunque todavía consideraba que la gran mayoría eran iguales: aún confundía a unos con otros, de la misma forma que le sucedía con los orientales. Así que con esos grupos raciales era más fácil cumplir sus misiones. «Si no los conozco, pueden ser mis enemigos y puedo eliminarlos. Pero con individuos blancos o de mi raza, sería un poco más difícil efectuar mi trabajo.» Decidió que después de comer se apartaría de ellos para desvincular sus sentimientos con el trabajo por realizar en los próximos días.

Llegaron a la Casa de los Azulejos. Hoffmann admiró los azulejos que cubrían la fachada del caserón antiguo. Después comieron con lentitud en un ambiente silencioso a pesar del ruido en el atestado restaurante: Hoffmann se había cerrado al diálogo después de analizar el error de intimar con esos jóvenes y correlacionar su vida con la vida de los mexicanos. ¿Por qué tenía que rememorar su sufrimiento durante la infancia, su pobreza, el racismo que padecía y su falta de oportunidades, y vincular esas aflicciones a la situación de los mexicanos? Eso era poco profesional. Examinó a los hermanos por un instante, y supo que eran jóvenes con aspiraciones de tener un mejor futuro; de ahí su entusiasmo por aprender otro idioma, de aprovechar las oportunidades que él nunca tuvo. Lo que sí sabía, era que debía allanarles el camino a los hijos que algún día tendría, y quienes algún día le pedirían su apoyo para estudiar y desarrollarse en una promisoria vida profesional. Quería evitarles los linchamientos que realizaban los blancos en los guetos negros cuando era niño. Trataría de evitar la segregación económica y educativa a la que estaban obligados. Recordó con inquina las amargas palabras de Richard Wright en sus libros *Uncle Tom's children* y *Native son*, quien por todas las desigualdades era miembro del Partido Comunista estadounidense y del Comintern. Recordó también el gregarismo al cual su raza era sometida como lo describía Ralph Ellison en la novela *Invisible man*. Pero a pesar de todo, estaba dispuesto a trabajar en la misión que le encomendaran con tal de asegurarse para él, su futura familia y su raza, un lugar digno en el nuevo mundo que empezaba a columbrarse en la sociedad estadounidense. Asegurar el respeto al negro trabajador y patriota, aunque los blancos insistieran en la palabra *segregación* en todos los aspectos de la vida cotidiana de su país. De cualquier manera, ayudaría con paciencia y astucia a construir una nueva democracia y una nueva sociedad en Estados Unidos, así tuviera que eliminar a quien fuera o morir si era necesario, y sugerir para su epitafio las mismas palabras que había sugerido un soldado negro que sirvió en el Pacífico durante la Segunda Guerra: «Aquí yace un hombre negro muerto en combate contra un hombre amarillo para la protección del hombre blanco.»

Los meseros se deslizaban con agilidad entre las mesas, cargando en el hombro charolas con comida o con trastes sucios. Uno de ellos le tocó el hombro derecho a Hoffmann, quien giró la cabeza y levantó la vista en un súbito movimiento reflejo simultáneo con el girar de su cintura; al mismo tiempo, dejó caer la cuchara y colocó su mano derecha en el respaldo de la silla. El mesero dio un paso hacia atrás en respuesta al brusco movimiento, lo cual provocó el roce con otro mesero, quien casi tiraba su charola.

—Disculpe, señor, ahorita le traigo otra cuchara.

—No se preocupe, yo tuve la culpa.

—Dice que va a traer otra cuchara —tradujo Carola.

—Gracias —agradeció en español volteando hacia el mesero.

—Le dejo esta nota que le envía esa pareja —murmuró el mesero mientras señalaba con la cabeza una mesa al fondo del restaurante, donde estaba sentada una pareja de rubios.

Hoffmann vio a la pareja y luego al papel doblado. Sintió una oleada de indignación recorrer su cuerpo: de inmediato comprendió que esa maniobra era intencional para ponerlo al descubierto. Prendía los focos rojos sobre la relación de ese estadounidense con unos europeos que podrían ser soviéticos. «¡Malditos! —pensó—. ¿Acaso no pueden tener un poco de discreción, la necesaria para que no se sospeche nada? No... Lo hacen adrede.» Con esa actitud machacona querían obligarlo a obtener más información. Era una advertencia: a fin de cuentas el único perjudicado si se descubría todo era él. Por ello, su actuación ante la desesperación de los soviéticos debía ser con pasos medidos y prudentes.

Desdobló la hoja y leyó el recado escrito en inglés:

Necesitamos más información sobre el 2 de octubre. URGE. Hay otros diez para usted.
CCCP.

Dejó la hoja doblada en la mesa y los vio con el rostro inexpresivo; es decir, expresando rencor por la tensión de los músculos faciales. La pareja sonreía. Entonces bajó la mirada vidriosa por un instante, para después levantarla impasible con una sonrisa sarcástica.

Los hermanos se dieron cuenta de esos cambios deliberados de actitud; sobre todo, cuando rompió en pedazos la hoja recibida, desquitando su encono. Luego depositó cada pedazo en un vaso de agua con ademanes meticulosos, esperando que los rubios vieran los movimientos y comprendieran que le era indiferente lo que decía la nota; aunque claro está que sí le molestó.

—Racistas —gruñó colérico, y apartó la sopa de sus ojos para sumirse en sí mismo.

Los hermanos continuaron comiendo, aparentando desinterés. Hoffmann consideró que por la cercanía del 2 de octubre, Oleg, el rezidency de la inteligencia soviética en México, estaba nervioso por la falta de detalles y presionaba a sus agentes; y éstos a su vez lo presionaban a él, dándole a entender que su destino les era indiferente: sólo era la vida de él la que estaba en peligro. «¿Qué trama Leonid Brézhnev? ¿Por qué tanta desesperación por saber lo que planea la CIA en México? ¿Por qué Oleg pone en peligro mi vida, si puedo seguir siendo su informante por mucho tiempo más? ¿Están interesados por lo que dice el documento que les entregué con respecto a una posible invasión estadounidense de no resolverse cuanto antes el movimiento estudiantil? ¿Tendrán alguna ventaja con una guerra en esta región? ¿Les conviene?»

Cuando él y sus amigos terminaron de comer, los rubios habían salido ya del restaurante por otra puerta. Les avisó que quería ir a su hotel por la calle 16 de Septiembre: quería conocerla. Los jóvenes lo acompañaron por San Juan de Letrán, rodeando la Torre Latinoamericana, rumbo al sur, hasta la siguiente cuadra.

—Bueno, Carola y Luis, me dio mucho gusto conocerlos, y espero haberles sido útil.

—Por supuesto que sí, y también a nosotros nos dio gusto conocerlo —expresó Carola con un genuino pesar—. Quizá nos podríamos volver a ver en alguna otra ocasión.

—Sería muy bueno. ¿Qué tal si nos vemos en el mitin estudiantil que se va a realizar en Tlatelolco pasado mañana, 2 de octubre?

—Eso estaría muy bien, ¿verdad, Carola? —terminó aseverando Luis.

Carola asintió con una inclinación de cabeza.

—Muy bien. Entonces —Howard formó una O con el pulgar y el índice— nos vemos allá.

Luego los jóvenes estrecharon la mano que él les extendió.

Hoffmann se encaminó rumbo al Zócalo por la calle 16 de Septiembre, bajo un cielo de nubes grises entre islas azules y un viento que acariciaba el rostro con una brisa húmeda y templada. Iba cavilando, distanciado del barullo de los automóviles, los silbatazos de los oficiales de tránsito y la muchedumbre que hablaba, caminaba y hasta gritaba para hacerse escuchar. «Hemos perdido tantas vidas en Corea y Vietnam, y hemos eliminado a muchas más, que el éxito de esta misión en México nos puede prevenir de guerras tan sangrientas como aquellas. Aunque en realidad ignoramos qué tan resistentes pueden ser los mexicanos, y más valdría no averiguarlo porque de alguna manera llevan esa sangre mongol. Quizá son más duros que los asiáticos, y con la ayuda soviética tanto en armamento convencional como atómico, químico y biológico, así como con adiestramiento en guerra formal, guerrilla o sabotaje, con facilidad podrían penetrar el territorio norteamericano; sobre todo, que ya tienen a muchos infiltrados en Norteamérica. Tal vez nos saldría el tiro por la culata, y una guerra con esta gente sería también devastadora y terrible para los americanos, porque sostener dos flancos de guerra —Vietnam y México— debilitaría al ejército, y quién sabe qué consecuencias traería en la moral de un pueblo americano harto de las guerras.»

Contempló los edificios y los paseantes. Imaginó los tanques pesados, los carros blindados y los jeeps con ametralladoras de grueso calibre del ejército estadounidense destrozando a cualquier mexicano o haciendo añicos la estructura de esos edificios.

Las patrullas de la infantería recorriendo las calles, el Zócalo, la Alameda y otros parques y ciudades, en enfrentamientos cuerpo a cuerpo o haciendo retumbar el tableteo de las metralletas que acaban con algunas vidas o dejan sus huellas en las paredes. Las batallas casa por casa, aniquilando a mujeres y niños, pues son quienes pueden ocultar a sus parientes o asesinar al enemigo en un descuido. Imaginó los muertos destrozados por la metralla, despidiendo un olor putrefacto en cada rincón de la ciudad y del país. Todo un Vietnam en México, con la armada invadiendo las playas; los destructores, portaviones y submarinos pulverizando puertos o hundiendo cualquier barco mexicano. La fuerza aérea bombardeando las ciudades, los puntos estratégicos y las carreteras más transitadas, y transportando personal al corazón de México. Asimismo, el grueso del ejército penetrando por las fronteras norte y sur, acorralando en un puño al ejército mexicano y a los ciudadanos que opongan resistencia. «Todo se vale, con tal de preservar la seguridad, la libertad, la igualdad y la democracia del pueblo americano. Pero creo que tanto el gobierno como el ejército deben tener muy presente la historia: sería una imprudencia pensar que los mexicanos permanecerían inactivos. Debiéramos recordar la guerra de México contra los franceses y también que hoy son más nacionalistas que en el siglo pasado. Tal como la ofensiva Tet en Vietnam, siempre ganamos en los primeros golpes, pero después descuidamos el contraataque o la capacidad de resistencia, y en este caso, los mexicanos están tan cerca que la ola de violencia abarcaría todo el territorio de Norteamérica, sin contar que el resto de los países latinoamericanos, considerando que también a ellos los alcanzaría la invasión, pudieran ayudar de algún modo a rechazar el avance del ejército invasor y aceptar la ayuda del bloque soviético o chino. Es importante erradicar el comunismo en México, pero también es importante que no orillemos a su pueblo a una escalada de defensa y contraataque, quizás en una guerra convencional con la ayuda de cubanos, norcoreanos, chinos o soviéticos, quienes vinieran a México con un interés especial, y que a fin de cuentas, pudiera desencadenarse una guerra termonuclear. A lo mejor, hoy sí se hiciera realidad lo que dice su himno nacional: 'Mexicanos al grito de guerra'.»

La habitación tenía un aroma a lavanda y una penumbra sutil causada por la poca luz del día que entraba por la ventana. El ruido sordo de la ciudad apenas se filtraba, y una canción de los *Beetles* se escuchaba discreta en otra habitación:

We all live in a yellow submarine,
A yellow submarine,
A yellow submarine,
We all live in a yellow submarine,
A yellow submarine,
A yellow submarine.

Dejó su bolso en la alfombra verde sin prender la luz. Puso la cámara y la pistola en el buró. Se quitó el chaleco y lo aventó al perchero. Los zapatos y los calcetines también los puso sobre la alfombra. Se desplomó con un crujido de huesos, depositando la cabeza al pie de la cama y colocando los pies contra la pared, por encima de la cabecera. Quería ayudar a la circulación de sus piernas y desabrasar sus pies después de haber callejeado tanto. Luego bajó los pies a la cabecera y se quedó dormido. Despertó dos horas después con la boca seca y amarga. Aun así, permaneció recostado por unos instantes con la mirada fija en el vacío. Enseguida se sacudió la pereza, se sentó y, sin respirar, bebió toda el agua de la jarra de vidrio que tenía en el buró. Se paró sin fuerza y dio algunos pasos hasta el televisor que estaba en la esquina derecha. Giró el botón para encender el aparato y lo siguió girando para subir el volumen. Después giró el disco selector de canales hasta el número dos. Estaba una telenovela que al menos lo apartaba de la soledad.

Caminó hasta el clóset. Sacó de la maleta café la fotografía en blanco y negro de una mujer mulata de mirada tersa y a la vez profunda. Una antigua amante que tuvo en Miami, Florida. Se arrellanó en el sillón de tapiz verde limón, junto a su cama, y la observó. «¿Dónde estás, María Fernanda? Te extraño mucho.» Los rasgos aniñados le daban una sensual y bella sonrisa, característica innata de las mujeres de la isla de Cuba. Natural coquetería nacida de su chispeante forma de hablar y de ese maravilloso ritmo de los cubanos para el baile. Ella nació en La Habana y era hija de un próspero cubano, propietario de restaurantes. Llegó a Miami en marzo de 1960, huyendo del gobierno del comandante Fidel Castro. Ayudaba a traducir y redactar documentos a los anticastristas, por lo cual tenía acceso a información clasificada de la contrarrevolución cubana.

Hoffmann tenía tres años sin verla, y en esos momentos la recordaba como una mujer de cuerpo firme y voluptuoso, de turgentes senos con suaves pezones que crecían en aquellos arrebatos de lujuria. Cuánta falta le hacía: su relación había sido muy estrecha. El amor se prolongó durante dos años, y ya habían hecho algunos planes para casarse. Él le contó de su ocupación, y ella, sin aspavientos, sólo le pidió que lo dejara en cuanto tuvieran suficiente dinero para dedicarse a una actividad menos peligrosa, a fin de cimentar su matrimonio en una vida estable y sin peligros; sobre todo, para los hijos que vinieran. Él le prometió dejarlo de inmediato en cuanto tuviera el suficiente dinero para establecer algún negocio. Por lo pronto, se marchaba por semanas y luego, al regresar, la llamaba por teléfono; pero en una de esas ocasiones nadie contestó: había desaparecido. En su casa se quedaron los muebles y la mayoría de sus prendas, sólo faltaba una maleta de cuero beige con correas que él conocía bien: era la que ella utilizaba cuando juntos salían de paseo hacia alguna playa lejana en donde permanecían dos o tres días. La policía nunca encontró pista alguna ni el cadáver de la joven. También reflexionaba que si por alguna sospecha la hubiera secuestrado la CIA, la contrarrevolución cubana o la mafia, por norma también hubieran sospechado de él. «Me inclino más por los cubanos, ¿pero qué le hicieron y por qué?» Ella le había confesado que en 1957 participó en algunas escaramuzas con la juventud cubana —donde conoció a su amigo ruso Andrei Penskov— en contra de las barbaridades del dictador Fulgencio Batista, e incluso tuvo algunas simpatías con la causa de Fidel Castro —hechos que nadie conoció porque se retiró de inmediato de esas actividades y guardó en absoluto secreto sus ideas de entonces—. Pero lo que después afirmó en su exilio fue que era despreciable la forma como actuaban Castro y su amigo Ernesto Guevara, el *Che*, porque fraguaban una nueva dictadura.

Hoffmann tenía muy presente la fecha de su llegada a Miami, el domingo 24 de noviembre de 1963, en medio de la consternación nacional por el asesinato del presidente John F. Kennedy el pasado 22 de noviembre. Procedía de Texas, donde por órdenes superiores realizó una misión desconcertante: nunca había trabajado en el interior del país, pero fue una misión inevitable: pretendían que Estados Unidos fuera más agresivo y rechazara con más decisión las embestidas del comunismo internacional. Ese día llegó al Colony Hotel, con habitación reservada por sus jefes. Se convirtió en su hogar de Miami por algún tiempo, aunque con la advertencia de no pasar al comedor cuando estuvieran los huéspedes blancos. Vagaba sin mucho qué hace por Ocean Drive y comía con frecuencia en algunos restaurantes y bares de Collins Avenue donde permitían la entrada a gente de color. O bien, se daba sus escapadas hasta Sarasato donde conoció prostitutas de lujo que bien valían la pena: la Agencia era muy espléndida con él en aquellos días.

En uno de esos paseos, se encaminó por South West Eighth Street. Eran las siete de la tarde y sintió calor, por lo cual decidió beber un té frío en el Versailles restaurant-bar. Mientras descansaba y daba sorbos a su té, vio entrar a un viejo conocido de la Agencia, Bernard Barker, el *Macho*, con una mulata de curvas espectaculares, quien vestía una blusa café transparente con pantalón sastre entallado de color café oscuro y zapatos elegantes de tacón.

—¿Qué tal, Howard? ¿Cómo te ha ido?

—Bien, hermano. ¿Y a ti?

—Bueno, ya sabes, estoy suspendido en la Agencia por un tiempo. Pero ya regresaré al trabajo. ¡Qué! ¿Nos das asilo en tu mesa?

—Sí, como no. Tomen asiento por favor —concedió, y sus ojos adoptaron un fulgor cálido y una expresión amable.

Barker sacó la silla y se la ofreció a su amiga. Después, él se sentó en la siguiente silla.

—Mira, Howard, te presento a una gran amiga que trabaja para algunos exiliados de Cuba. Se llama María Fernanda Cortez Soto. Ella también es exiliada.

—Tanto gusto —saludó la joven con un aire de timidez.

—Fernanda, él es mi amigo Howard Hoffmann, un viejo amigo de la compañía donde trabajaba.

Entonces Fernanda estiró su mano y él la estrecha con suavidad.

Sabía que Barker había nacido en la isla de Cuba de padre estadounidense, y que trabajó para la Agencia, pero sólo en operativos relacionados con Cuba.

—Saben qué, tengo un compromiso —repuso Barker con su voz grave—. En un rato regreso y no me gustaría dejar sola a María Fernanda. ¿Me pueden esperar?

—Bueno, por mi parte no hay ningún inconveniente —contestó Hoffmann.

—No, ni por mí tampoco.

—Les agradezco mucho. No tardo. Nada más veo un asunto y regreso de inmediato.

Hablaron de Cuba y del gobierno del comandante Fidel Castro, pero de forma muy superficial. A él le tenía sin cuidado ese tema y propuso que pidieran unos *mojitos* cubanos para festejar el gusto de haberse conocido. Después de ingerir varias copas, decidieron bailar en la pequeña pista de ese restaurant-bar. Las copas y la música romántica los acercaron mucho; sobre todo, con la iniciativa de María Fernanda quien lo abrazó fuerte y lo besó.

—Me siento muy sola desde que salí de Cuba.

El cuerpo de María Fernanda lo incitó a besarla con ternura y abrazarla con delicadeza. Barker ya no regresó.

—Ven conmigo, María Fernanda, yo también estoy solo —le susurró al oído.

Esa noche se entregaron a una pasión desenfrenada, insuperable e incontrolable, como ninguno de los dos había experimentado antes, con la sensación de encontrarse sobre una alfombra de gencianas azules y nomeolvides, y cubiertos de suaves edredones de plumas de pato salvaje. Decidieron amarse o por lo menos disfrutar la vida juntos el mayor tiempo posible.

Lo que él recordó entre los tejidos opacos de la memoria esa noche en el Gran Hotel de la Ciudad de México lo llenó de un profundo vacío en su alma: escrutó en la oscuridad y sintió los brazos de María Fernanda, sus movimientos rítmicos como en un baile exótico desaforado, sus besos encendidos como si quisieran fundirse en los labios de él, y la lengua serpenteando en un ir y venir frenético y desesperado.

Con esas remembranzas apenas visibles a través de un espejo deformante, Hoffmann tuvo una erección, y se durmió después de juguetear con el recuerdo de María Fernanda.

El frío lo despertó a las tres de la mañana. Se levantó del sillón. Alzó la pistola del buró y la colocó debajo de la almohada. Entonces apagó el televisor que chirriaba ya sin programación. Luego se quitó la ropa y se puso la piyama. Levantó las cobijas y se acostó. Tomó de nuevo la fotografía de María Fernanda y la vio en la oscuridad. «¿Quién te lastimó, María Fernanda? ¿Dónde estás?» Durante el primer año que vivieron juntos, ella le comentaba en la intimidad que quería regresar a Cuba y que Fidel Castro era un gran estadista; que estaba convencida de que su país tenía un futuro extraordinario con la igualdad y la desaparición de clases; que su país era víctima de un deshumanizado boicot de los gringos y que era lo mismo que les sucedía a los negros de Estados Unidos, hasta que terminaron hilvanando los dos las mismas ideas. También estuvieron de acuerdo en que necesitaban dinero para dejarlo todo e iniciar una nueva vida. Pero diferían en el significado de esa nueva vida: para Hoffmann debería realizarse en su propio país, y para ella debería ser en Cuba. Fue entonces cuando María Fernanda le presentó a su amigo ruso Andrei Penskov, con quien consolidaron una amistad muy estrecha, secreta y lucrativa, de tal manera que nadie sospechaba de sus relaciones. Los dos trabajaban en un empleo y obtenían dinero del otro. Para los soviéticos, la información que Hoffmann obtenía de la CIA tenía cierta importancia, y para Cuba, la documentación obtenida por María Fernanda era vital: de esa manera conocían de antemano las actividades de los contrarrevolucionarios. El dinero lo depositaban en una cuenta común y segura del Chase Manhattan Bank que algún día los haría felices.

La fría y nublada mañana del 1 de octubre invitaba a permanecer en la cama si se tenía la oportunidad, y Hoffmann podía descansar hasta las cinco de la tarde, cuando se reuniría con Robert Sanchez en la biblioteca de la embajada de su país. Decidió levantarse a las diez y media y tomar una ducha. El agua caliente que caía de la regadera en chorro, golpeándole con pesadez el cráneo, lo reconfortó, y decidió que iba a regresar a la cama para aprovechar su último día de descanso, aunque ya tenía un poco de hambre. El jabón se deslizó por sus voluminosos músculos. Reflexionó en la necesidad de correr o regresar al gimnasio: faltaba poco para que su cuerpo se tornara fláccido. Cogió la toalla y secó su cuerpo con lentitud, mientras observaba en el espejo algunas canas prematuras escondidas entre el cabello. Salió desnudo del cuarto de baño, sólo con la toalla envuelta en la cintura. Al pasar frente a la cama, observó un papel doblado en la alfombra junto a la puerta. «Estos desgraciados otra vez», pensó. Relacionó la nota que veía con la nota de los rubios soviéticos. Alzó el papel y de mala gana lo dejó en el buró. Se recostó desnudo bajo las cobijas y escuchó el aguacero sobre la ventana. Le gustó la sensación de estar mojado entre las sábanas y saber que los chorros de lluvia se precipitaban afuera. Su sueño en duermevela lo relajó y lo sumió en un suave sopor. La placidez lo transportó hacia la única vez que sintió paz en la vida. La noche que estuvo en agonía por un balazo en el abdomen sobre el suelo de Corea. Escudriñó las estrellas de un firmamento límpido y brillante. En aquel instante que dejó de oír la metralla y las explosiones de la batalla, un calor agradable invadió su cuerpo. Su conciencia naufragó en un vaivén de olas; lo que le produjo una sublime pesadez de cabeza y una serena evocación de las manos de su madre acariciando su rostro, arrullándose suavemente con aquel melódico estribillo que recordaba en letras descosidas:

Evha Dahkey is a King!
...
If yo' social life is a bungle,
...
And remember dat you daddy was a King.

Canción que lo adormeció como si los acordes fueran de algodón.

—Hoffmann, Hoffmann, aguanta, aguanta, ya viene el médico. ¡Resiste, maldito!

Despertó en la cama de un hospital en territorio japonés, sin saber cuánto tiempo había transcurrido. Quiso enderezarse, pero un dolor en el abdomen se lo impidió. En ese momento recordó que había recibido una o varias balas en el abdomen.

—¿Ya despertó?

Repentinamente alerta, asintió con la cabeza. Era la voz de una enfermera, quien se acercó cargando sábanas y colchas para tender las camas de junto.

—Trate de no moverse. Se está recuperando de una cirugía en el abdomen. Parece que va a sobrevivir y regresar a casa.

De repente, entre imágenes nebulosas, le vino a la memoria el rostro del chino apresado que le escupió la cara. Recordó los culatazos que descargó en ese ominoso rostro; la sangre que manaba por su boca, la nariz partida y la mandíbula destrozada, separada ya del rostro.

Brincó sobresaltado con un sudor frío que inundó su frente. Se quitó la sábana húmeda, y con brío se incorporó para elevarse sobre sus pecados y sus nostalgias.

—¡Malditos gusanos!, se lo merecían.

Permaneció sentado a oscuras en el borde derecho de la cama, restregándose la cara con las manos. Quería desbrozar sus irremisibles pesadillas. Ubicó el lugar y el año en que estaba. Después caminó con flojera hacia el cuarto de baño para humedecerse la cara en el lavabo. Se vistió para ir a comer: ya tenía hambre y las blancas manecillas del reloj marcaban las 13:10.

Subió a la cafetería, donde comió tallarines y pollo frito con guarnición de zanahorias, brócoli y calabacitas, acompañado de una copa de vino blanco. La cafetería estaba sola, al parecer pocas personas subían a comer. El día había mejorado. Por el balcón se filtraba un sol que saltaba de nube en nube, proyectando luces y sombras alternadas en prolongados espacios.

Los soviéticos rubios entraron mientras comía y se pararon frente a su mesa.

—Hola, Hoffmann —saludó el hombre con actitud desafiante.

Y sin estrechar manos ni esperar invitaciones, jalaron las sillas y se sentaron. La mujer permaneció en silencio mientras él tomaba la iniciativa.

—Ya sabes que nos urge conocer qué se está tramando en la CIA.

—Bueno, ¿qué no saben que me están comprometiendo? Si me ven con ustedes me van a hundir.

—Calma, Hoffmann, nosotros sólo queremos información —aclaró la mujer con visos de arrogancia.

—No me han dicho nada hasta el momento, y ya saben que en cuanto tenga información les hablo al teléfono que ustedes me dieron. Díganle a Oleg que tenga paciencia. Hoy tengo una entrevista en la biblioteca de la embajada y de seguro obtendré la información necesaria. No se preocupen, hoy mismo les hablo por teléfono.

—Bueno, es que nos dejas poco margen para… —replicó con más suavidad el hombre—: Está bien. Nada más que recuerda fotografiar los documentos que te entreguen.

—Sí, ya lo sé.

—Está bien, esperamos tu llamada.

Se levantaron y salieron de la cafetería. Los vio salir, y se quedó recapacitando en la necesidad de zafarse cuanto antes de todo ese alboroto, en lo peligroso que se tornaban los soviéticos y en sus dudas con respecto a la CIA: ocultarle su misión era un mal presagio.

Terminó de comer y decidió que estiraría los pies dando una caminata.

Bajó a la calle y caminó despacio. Sintió el aire fresco de la tarde que le acariciaba el rostro, presagiando quizás un poco más de lluvia. Pero a esa hora, la ciudad se volvía animosa y enérgica de nuevo. Los charcos provocaron que los peatones se comportaran como ranas al cruzar las cunetas inundadas, dando dos o tres saltos para terminar croando algunos improperios contra el clima o contra el gobierno de la ciudad. Los automovilistas se desentendían del peatón: conducían raudos y, sin fijarse en esos charcos, salpicaban a quienes circulaban por las aceras. Los «¡fíjate, pendejo!», o «¡chingas a tu madre!», o los insultos con el brazo y la mano, o los chiflidos eran carnavalescos.

La estrecha calle 5 de Febrero estaba descuidada, llena de casonas coloniales que le daban un aire de antigüedad novohispana, muy similar a la antigua ciudad de Guatemala. La ciudad que evocó mientras dirigía sus ojos a esas construcciones virreinales de cantera y tezontle rojo, con balcones de hierro forjado. Sus recuerdos lo situaron a unos kilómetros de la capital guatemalteca aquel 2 de mayo de 1954, en medio de un fuerte movimiento armado, organizado para derrocar al coronel Jacobo Árbenz Guzmán, presidente de Guatemala, por su espíritu antiestadounidense. Por tener el negro corazón del diablo que le aconsejaba nacionalizar: despojar de sus tierras a las compañías extranjeras que hacían progresar a su país.

En aquellos días, tuvo que ir a Guatemala para cumplir su primera misión después de recuperarse del balazo que recibiera en el abdomen, de ser condecorado con el Corazón Púrpura y de un intenso entrenamiento en las instalaciones de la CIA. Llegó a la Antigua Guatemala, muy descuidada en sus servicios públicos y turísticos, quizá como muestra de la intensa campaña publicitaria y económica contra Árbenz. A él lo situaron para su misión en una de esas casonas coloniales desde donde debía herir a un tal Felipe, de quien le entregaron una fotografía. Le afirmaron que era el más comunista de los consejeros del coronel Jacobo Árbenz, quien quería incendiar a Guatemala para engendrar una mortífera Corea en América Latina. En dicha casona, que después se enteró era propiedad de la United Fruit Company, debía esperar a que su víctima llegara al restaurante situado enfrente. Sólo un disparo tenía que impactarse en el hombro derecho para no despertar sospechas. Así lo efectuó, y aquel mismo día salió de Guatemala para impedir deducciones y conclusiones. Tiempo después se enteró de que aquel blanco era un ciudadano estadounidense, funcionario menor de una compañía de su propio país que lo utilizó como mártir. Se divulgó que un hombre le disparó desde la otra acera y que había dejado en su escapatoria un pasaporte polaco, lo cual sirvió para agrandar la animadversión contra el presidente Árbenz y sus seguidores. Los acusaron de criminales que utilizaban sicarios soviéticos a su servicio. Se pretendía que los ciudadanos y el ejército guatemalteco los abandonaran por diablos comunistas; acentuándose todo ello por la insistente prédica de la iglesia católica que los catalogaba como amigos del demonio y enemigos de la fe.

Como buen soldado aceptó con prudencia el engaño que le tendieron: de cualquier forma debía obedecer con disciplina y patriotismo, cumpliendo su deber de eliminar o herir a quien fuera necesario, así se tratara de sus compatriotas, si con ello ayudaba a preservar el *statu quo* de su país y el suyo propio.

Sonrió con maledicencia mientras regresaba a su hotel por la calle Corregidora con rumbo al Zócalo, en donde se entretuvo observando y fotografiando a danzantes indígenas con taparrabos y hombrillos brillantes, vistosos penachos de largas plumas multicolores y cascabeles en los tobillos a la usanza mexica que vibraban al ritmo cadencioso de los tambores de guerra como invitando a la Muerte-Florida. Elevaban vasijas con humo de copal como ofrenda a los dioses Tláloc y Huitzilopochtli que parecían exigir su alimento de corazones humanos. Uno de los danzantes volteó hacia Hoffmann y lo miró insistente con la máscara de una calavera. Había una armonía metafórica con el soldado enfundado en su equipo de combate que también observaba a los danzantes. Un soldado que usaba su rifle de cerrojo tipo máuser calibre 7.62 como bastón para detener, en un suspenso de paz, su pasado y su presente de muerte, como presagiando un nuevo sacrificio que calmaría la sed de sangre de aquellos dioses que yacían dormidos o que recorrían melancólicos esa gigante explanada del centro de la ciudad de México.

Llegó a su habitación a descansar un rato para después acudir a su cita con Robert Sanchez. Tomó del buró el papel doblado que había recibido en la mañana. Lo desdobló y leyó lo que decía:

Ya saben lo que estás informando.

«¿De quién es?... Con seguridad es una artimaña de los soviéticos que me están amenazando. Han de pensar que le estoy rehuyendo al compromiso.» Y sin inquietarse más, se recostó en la cama.

Bajó del taxi frente a la biblioteca Benjamin Franklin de la embajada de Estados Unidos a las cinco de la tarde. En la puerta, Robert Sanchez lo saludó con una inclinación de cabeza y le estrechó la mano con un movimiento lento, agotado, como si llevara muchas horas trabajando. Después cruzaron algunas estanterías con libros.

—Es una biblioteca que sella la amistad de México y los Estados Unidos desde 1942, y esta nueva ubicación acaba de inaugurarse en julio de este año.

—Muy interesante —aclaró con sorna—. ¿Pero podríamos revisar nuestro asunto?

—Sí, desde luego que sí.

Sanchez caminó con un alfiler ardiente clavado en el hígado. Abrió la puerta del mostrador y subió la escalera seguido de Hoffmann. Luego continuaron por un estrecho pasillo hasta un cubículo que Sanchez abrió con su llave. Al entrar, le señaló una silla a su invitado y cerró con llave. Hoffmann dejó su bolso en el suelo, a un lado de la silla, y se sentó como queriendo adivinar qué tramaba. Se sintió claustrofóbico en ese cubículo de tonos rosados, con un escritorio de metal, una silla —ocupada por él—, un sillón que ocupó Sanchez, y detrás del sillón, un librero de roble con estantes llenos de libros.

—Mira, Hoffmann. Necesito que regreses directamente a tu hotel porque mañana tenemos mucho trabajo; y por favor, duérmete temprano y deja tus excursiones para otra ocasión.

—Está bien. Entendido. Pero de qué se trata.

Sanchez se agachó y sacó de una gaveta del escritorio un bolso gris de fotógrafo.

—Te voy a entregar este bolso que es igual al que traes. Pero éste, mira, tiene un fondo falso que cubre un compartimiento oculto.

Sanchez abrió el fondo, y le mostró un rifle desarmado en dos partes y muchos cargadores.

—Este es un rifle de asalto M16-A1 perfeccionado que está usándose en Vietnam. Es fabricado por la Colt, con cargadores, mira, de treinta cartuchos cada uno, calibre 5.56.

Hoffmann revisó con detenimiento las piezas del rifle. Después tomó un cargador y sacó un cartucho para analizarlo de cerca.

—¿De 5.56? Es más chico que el 7.62 normal.

—Sí, pero el 5.56 representa ventajas en su acarreo —afirmó Sanchez, acompañando lo expresado con el movimiento de las manos, como si estuviera dictando una conferencia—, porque se puede llevar hasta el doble de parque que del 7.62, pero con el mismo peso y en menos espacio. Además, esta bala es de «punta blanda», eso quiere decir que una de este tipo se *dobla* al penetrar y empieza a girar erráticamente dentro del cuerpo. El resultado es mucho más terrible que la expansiva, porque si el orificio de *entrada*, en efecto, es de 5.56 milímetros, el de *salida*, si es que la tiene, es hasta diez veces mayor. Si la bala no sale, su efecto interno destruye todo a su paso. En conclusión, sin usar balas expansivas, se usan balas más letales, que dejan con menos oportunidad de vida al *blanco* que la reciba.

—Bueno, me parece una magnífica arma.

—Sí, el M16-A1 es automático y semiautomático, y la bala 5.56 le da buena precisión, penetración y gran poder de detención. Además, el arma es de bajo peso y volumen. Mide 991 milímetros y mira, tiene una bocacha apagallamas que disminuye mucho el fogonazo y evita con mucho que localicen tu ubicación. Y para esto, también se le adaptó este silenciador que evitará ubicarte por el sonido.

—Entonces, ¿lo vamos a usar mañana?

—Por supuesto, Hoffmann. Así que vacía los rollos, los accesorios y la cámara en tu nuevo bolso. Cuando estemos allá, vas a ensamblar el rifle y lo vas a usar.

—Sí, hace algunos meses tuve prácticas con este rifle, muy pocas, no lo conocía bien, aunque sabía que había tenido fallas en Vietnam, pero dices que ya está perfeccionado. Entonces, por las características de esta arma, ¿quiere decir que vamos a tener un combate formal?

—Más o menos. Recuerda que para la CIA también eres un ejecutor, que a fin de cuentas es lo mismo. Mira, vamos a ir en parejas. Tú y yo en la sección sur del edificio Chihuahua. El rubio Johan Stevenson y Manuel Ibiza en la sección norte del mismo edificio. Y el pelirrojo Richard Koch, con Jim Garcia, en el edificio Molino del Rey, al otro lado de la avenida San Juan de Letrán.

—¿Todos vamos a llevar estas armas?

—No, sólo ustedes, los fuereños. Los latinos, sus contactos, vamos a acompañarlos y vamos a llevar pistolas Colt calibre 45, reglamentarias del ejército mexicano. Nosotros vamos a sacarlos de la zona de fuego una vez que terminen el trabajo —después de una pequeña pausa, agregó—: Todo claro, ¿verdad? Bueno, mientras cambias los bolsos voy a firmar unos documentos que tengo pendientes.

Se levantó y abrió la puerta del cubículo, y al salir volvió a cerrar con llave.

Hoffmann levantó su bolso del suelo y lo puso en el pequeño escritorio. Sacó la cámara y los accesorios, los rollos y la propaganda del CNH que embutió en el compartimiento secreto junto con el rifle y los cargadores. Cuando regresó Sanchez ya había guardado todo.

—¿Eso es todo? —preguntó Hoffmann con fastidio.

—Mañana voy a pasar por ti a las once y media para irnos juntos a Tlatelolco —comentó Sanchez mientras se sentaba en el sillón.

—¿Por qué tan temprano? ¿No es a las cinco el mitin?

—Sí, pero vamos a irnos temprano porque el ejército va a empezar a vigilar los edificios a partir de las dos de la tarde. Nosotros ya debemos estar plantados en nuestro lugar. La operación *Galeana*, como la llama el ejército, tiene por objetivo encerrar en un círculo a los manifestantes, y el Batallón Olimpia arrestará a los líderes estudiantiles. Si eso sucede, otros estudiantes y algunos elementos terroristas van a organizarse para que resurja el movimiento. Entonces las guerrillas brotarán con maniobras de sabotaje y enfrentamiento en varios puntos del país. De esa manera, existe la posibilidad de que el comunismo se afiance en la voluntad de los indecisos y con prontitud gane fuerza. El ejército debe ser sacudido para que deje la burocracia y realice acciones más agresivas, desplegándose en todo el país una vigilancia más estrecha. Incluso, y de ser posible, que el ejército tome el poder para extinguir cualquier indicio de comunismo en México. Debemos cerrarle todas las rendijas posibles al enemigo.

—Bueno, yo nunca he preguntado por qué voy a desempeñar tal o cual trabajo, lo hago y ya. Pero aún desconozco lo que voy a hacer, y esto ya es mañana.

—Con calma, Hoffmann. Mañana vamos a llegar a un departamento de la sección sur del edificio Chihuahua. Allí te voy a explicar lo que vamos a realizar.

Hoffmann se incorporó y oteó la sala de consulta a través de la ventana. Observó a tres jóvenes de entre trece y quince años con uniforme caqui. Al parecer, estudiantes de secundaria que sonreían hojeando un libro de fotografías.

—Está bien, ¿ya me puedo retirar?

—Sí, eso es todo. Hasta mañana.

Robert Sanchez abrió, y Hoffmann salió del cubículo con su nuevo bolso. Siguió el pasillo y bajó la escalera. Una joven empleada de pelo castaño y nariz salpicada de pecas retiró con desprecio la mirada cuando sus ojos verdes se encontraron con él.

Salió de la biblioteca, y de inmediato abordó un taxi para dirigirse a su hotel. Ahora tenía una pistola con silenciador y un rifle de asalto M16-A1 también con silenciador. Cada día tenía más armas, y como buen soldado insistía poco acerca de los detalles de su misión, pero debía generar información para los soviéticos, quienes se inquietaban cada vez más por desconocer lo que tramaba la CIA. Así que debía preparar un informe esa misma tarde y entregarlo. Pero qué tal si notificaba del armamento recibido, y los soviéticos o los cubanos hacían alguna estupidez que lo pusiera en peligro o lo delatara antes su gobierno o el gobierno mexicano. Comprendió con exactitud que en esa ocasión tendría que mentir. Había mucho tiempo entre su llegada a Tlatelolco y el mitin, suficiente para ser detenido por los mexicanos si hubiera alguna indiscreción de los soviéticos. ¿Cómo explicaría las armas que llevaba? Sin dilación, su gobierno negaría cualquier relación con ese negro armado; pero Sanchez era muy conocido por el Estado Mayor Presidencial como agente de la CIA. Las relaciones con México se pondrían en peligro y su país quedaría muy mal ante la opinión pública internacional. A fin de cuentas qué importaba, nadie le haría nada a Estados Unidos, pero a él sí; sobre todo, si se enteraban de sus actividades como agente doble. De seguro sería sentenciado a la pena de muerte.

Sintió el bolso apenas más pesada que el otro mientras subía al tercer piso del hotel. En cuanto llegó, tomó una hoja y empezó a escribir su informe, pero titubeó sobre qué iba a escribir. Se recostó y concentró su mirada en el techo sin resultado alguno. Al final decidió que mejor llamaría por teléfono.

En la calle localizó un teléfono público.

—Habla contacto uno.

—¿Qué noticia nos tiene?

—Que nada más voy a ir como observador y fotógrafo.

—¿Cómo puede ser eso? En su informe notificó que llegaron varios agentes de la CIA para efectuar una operación llamada *Mexican Freedom*, y que si fracasa, el gobierno americano intervendrá con todo su poderío militar para que México nunca llegue a ser un país comunista.

—Nada más nos quieren como observadores —replicó, como si le dieran una vuelta de tuerca en las sienes—. Parece que se suspendió la misión del 2 de octubre. A lo mejor nos van a utilizar después de esa fecha, antes de la intervención armada.

—Lo dudo mucho. Indague bien a ver qué más puede encontrar: es muy dudoso eso de que vienen de observadores. Me llama hoy o mañana para informarme con detalle lo que piensan consumar, pero antes de las cinco de la tarde —y colgó con brusquedad.

Sabía que era muy peligroso decirles la verdad: la misión *Mexican Freedom* parecía ser una trampa semejante al *Track Two* usado por los nazis en el Reichstag, que consistió en producir un incendio en forma secreta dejando pistas que señalaran a los comunistas de ser los culpables para perseguirlos con odio y eliminarlos en masa. O comparable a lo que fraguó Lyndon B. Johnson en el golfo de Tonkin con la autoagresión a los acorazados estadounidenses para culpar de ello a los norvietnamitas y justificar la intervención armada en Vietnam. O bien, semejante a la operación *Gestapu* de la CIA en Indonesia, donde se asesinó a altos jefes militares, dejando pistas que señalaran a los comunistas de ser los culpables, y de ese modo establecer una dictadura militar que eliminara a todos los simpatizantes del depuesto régimen comunista.

Envuelto en sus abstracciones decidió entrar en una cafetería. Al sentarse, distinguió entre una nube de humo a un grupo de jóvenes, quienes ponían monedas a la vitrola —que llamaban rockola— para escuchar sus canciones de *rock and roll* en español. Los muchachos bailaban y se contorsionaban alegres al compás de las melodías. Reían y canturreaban siguiendo la letra de las canciones. Pidió un café negro y una dona con glasé de chocolate.

—Hola —lo saludó un rubicundo anciano que se le acercó.

—Hola, ¿en qué puedo servirle?

—Bueno, yo soy de Nueva York, y quise charlar en inglés con alguien, porque ya tengo algunos años en México, y casi no hablo inglés acá, sólo español.

—Oh, bueno, tome asiento, por favor.

—Gracias.

El anciano pidió un café negro cargado.

—Es muy estimulante ver a los jóvenes darle gusto a la vida, ¿verdad? O más bien, el hecho más triste para los viejos como yo.

—Bueno, ¿cuántos años tiene?

—Acabo de cumplir ochenta —musitó con una voz débil, y lo sacudió un acceso de tos.

—Está bien, ¿no? Ha tenido una larga vida —aseguró Hoffmann mientras le daba unas ligeras palmadas en la espalda.

—Sí, es verdad, pero lo malo es que cuando tengas ochenta años, todos los días te vas a despertar con ochenta años: mañana, tarde y noche. Y cuando cumplas ochenta y uno, todos los días te vas a acostar y a levantar con ochenta y un años a cuestas. Si tienes dolor, dificultad para respirar, cansancio o desesperación, no hay remedio. No existe el hoy me acuesto y mañana amanezco de treinta, no hay regreso. Y el miedo a morir, el más importante miedo de los seres humanos, lo tenemos desde la infancia, pero en la juventud lo encubrimos con actividades, deportes, tertulias, bailes como las de estos jóvenes, y mil cosas más. Al envejecer, ese miedo aflora, porque aunque las personas lo nieguen en estado consciente, el subconsciente birla esas negaciones. Ese miedo te quita el sueño, te causa tensión y dolor muscular, dolor intestinal, adormecimiento de las manos o piquetes en el corazón. Todos los días amaneces con ese miedo, y lo padeces año tras año, más o menos desde que cumples los cincuenta.

—Sabe, ese es un tema del que no me gusta platicar —replicó con una sonrisa que reflejaba tristeza.

—Sí, tienes razón, hay que ocultarlo en lo más profundo del inconsciente. Tú eres muy joven y eres fotógrafo. Con seguridad tienes una vida muy interesante que no debe ser avinagrada por las preocupaciones de un anciano.

—Bueno, ¿y cómo se llama usted?

—Soy Patrik Sommerson, pero puedes llamarme Pat, y soy ingeniero civil jubilado.

Hoffmann miró bailar a los jóvenes. Luego volteó a ver el rostro macilento del anciano que enmarcaba los ojos hundidos y la nariz roja llena de venillas azules.

—Y dígame Pat, ¿vive en México por alguna razón especial?

—No. Sólo que se me hace un país interesante, respetuoso de los extranjeros; y además, mis dólares me rinden más que en los Estados Unidos.

—Bueno, me dio mucho gusto conocerlo, pero tengo que retirarme —advirtió en un tono apremiante.

—Sí, sí. Adelante. Sigue tu destino.

Pagó la cuenta y caminó rumbo al hotel. El sol se ocultaba ya y el firmamento lejano mostraba estrías arqueadas en capas rojas, combinadas con tonos grises y negros: una frívola sonrisa destilando sangre.

Esa noche lo asaltó el miedo a la muerte, y meditaba: «En realidad, por qué debemos amar la vida, si es cruel y dura, mírese como se mire, con dinero o sin dinero. Lo que debiéramos amar es la muerte, porque a partir de ahí, viajamos a la juventud eterna, a la realización de nuestros sueños. Es un lapso más largo que el de la vida, ya que ésta sólo es un pequeño periodo de transición. ¿Pero qué haré con el miedo? ¿Cómo puedo engañar a mi subconsciente para que sea valiente?»

Entre sus recuerdos estaba su abuela materna, una negra taciturna, quien había sufrido una larga vida de pobreza, resistiendo con estoicismo la indignidad de servir con los ojos mirando al suelo, humillándose a las familias blancas para poder llevar a su casa algunos mendrugos duros y a veces rancios; sobre todo, cuando perdió a su marido en plena juventud. Un esposo que fue rebelde y murió ahorcado por el Ku Klux Klan. En las postrimerías de su cansancio le suplicaba a su nieto Howard que se resignara, que siguiera en silencio el destino de los negros: sólo así podría disfrutar de una familia unida. Ella le explicó que morir era el gran premio de quien sufre toda una vida. Que lo más importante era aprender a decir *adiós* cuando mueren los niños, los jóvenes, los adultos y los ancianos; cuando los hijos dejan el hogar para buscar su vida; y cuando uno tiene que decir *adiós* a los seres queridos para morir en bienaventuranza. Así la vio morir. La vio enflaquecer y padecer de intensos dolores en el torso que persistían a pesar de las infusiones que tomaba o de las pomadas que le aplicaban, aunque alcanzaron a comprarle algunas inyecciones contra el dolor, pero eran muy caras.

«Todo por la pobreza, la maldita pobreza», rezongó mientras se quedaba dormido con una lágrima despeñada como las gotas de lluvia que descendían sobre la ventana a un ritmo melancólico y acompasado.

CAPÍTULO IV

LA MISIÓN

El 2 de octubre amaneció con el cielo cerrado por nubes albinas y un viento pertinaz que recorría la ciudad. Hoffmann despertó a las siete de la mañana, y permaneció en la cama poco más de una hora meditando en el sueño que había tenido. En ese sueño se deslizaba veloz por la montaña rusa, haciendo gestos involuntarios por la velocidad del aire que daba directo en su rostro. Acompañaba a su hijo imaginario en los gritos de estupor y alegría. Le enseñaba a divertirse y a enfrentar la vida. «Y qué si no tengo hijos; porque los jóvenes traen muchas veces grandes dolores de cabeza, como sucede en México y en varios países del mundo. ¿Quién dice que los hijos son la felicidad? Muchas veces los hijos son la causa de la infelicidad. Yo diría: la mayoría de las veces. ¿Cuántos gastos causan en la niñez? ¿Cuánto tiempo de los padres exigen para ellos? ¿Cuántas atenciones necesitan? ¿Cuánto dolor pueden causar en la adolescencia? Y si fracasan en su lucha por alcanzar el bienestar económico, o les va mal en sus relaciones amorosas, o si llegan a padecer enfermedades discapacitantes, se vuelven un motivo de constante sufrimiento para los padres. Si quiero tener hijos, debo saber lo que me espera y aceptar el destino, para que en su momento no me arrepienta.»

Se levantó y fue al cuarto de baño. Por un momento planeó llenar la tina y recostarse en el agua, pero le disgustaba la sensación de modorra después de salir de una tina. Prefirió tomar una ducha prolongada y relajante, tallando cada parte de su cuerpo con calma, y disfrutando del agua caliente que caía como cálida sangre que recorre la piel a borbotones. Como la sangre de los prisioneros chinos y norcoreanos ejecutados o muertos en combate que a él le ordenaban quitarlos de los campos de batalla, o como la sangre de su amigo Raoul Pajoo que le llenó la ropa del viscoso líquido cuando lo llevó a un puesto de salud donde murió. La muerte ya era parte de él en el vaivén de su existencia: su trabajo consistía *precisamente* en quitarle la vida a otros seres humanos, «los estorbos», para ello lo habían entrenado.

Se rasuró contemplando complacido su imagen en el espejo, todavía un poco empañado después de haberlo limpiado con la toalla. Analizó como siempre su mandíbula cuadrada, la cual encontraba muy parecida a la del héroe de caricatura *Dick Tracy*. Un rostro que también se reflejaba en los azulejos color verde botella. Lanzó un suspiro y admitió sentirse bien, aunque vacío. Salió del cuarto de baño secándose el cuerpo. El cabello crespo, cortado a casquete corto, se había secado muy rápido. Por suerte se lo había cortado dos días antes de recibir la orden de viajar: consideraba que en México se le hubiera hecho difícil encontrar un buen peluquero. En estos países nada le daba confianza, y menos los inexpertos en el corte de cabello tan rizado como el suyo.

Se sentó meditabundo en la cama. Percibía su vida como insignificante, rasa y opaca. Era uno de esos momentos que lo llevaban a una selva oscura, a sentirse fatigado y aburrido, con el ánimo deprimido que le formaba un nudo en la garganta, con el deseo de irse lejos, donde nadie lo molestara, con la sensación de trivialidad y fracaso que lo asaltaba en esas ocasiones, cuando más pesada le resultaba la soledad que lo llenaba de insomnio y desinterés en la vida. «¿Creo que soy un don nadie? ¿Para qué seguir viviendo?»

Desganado, se puso una trusa y una camiseta, ambas de algodón blanco, y pantalones negros de pana. Se colocó el cinturón y se sujetó la cuerda que usaba para estrangular a enemigos inoportunos. Luego se puso unos calcetines negros y unas botas de explorador también de color negro con suelas de goma de caucho, muy ligeras en caso de verse obligado a huir con premura.

La camisa azul marino era necesaria para difuminarse a la distancia, entre la penumbra, pero llevaba bordada la bandera de su país en la manga izquierda. Sobre la camisa se colocó el chaleco gris de fotógrafo.

Puso el bolso en la cama. Sacó la cámara Canon, los accesorios y los rollos de fotografía. Abrió el fondo falso, y del compartimiento oculto extrajo el M16-A1 que armó de inmediato. Después contó quince cargadores con treinta cartuchos cada uno, lo cual daba un total de cuatrocientos cincuenta cartuchos útiles para usarse en caso necesario. Revisó el silenciador del rifle y lo embonó para comprobar que ajustara a la perfección. Luego lo desarmó, y volvió a poner todo como estaba sobre los volantes del Consejo Nacional de Huelga recogidos en la Universidad.

Colgó en el cuello el cordón largo que sujetaba su tarjeta de acreditación como fotógrafo internacional de prensa. Sobre la tarjeta, colgó la cámara.

Tomó su reloj y miró que marcaba las 10:37. Luego lo volvió a dejar en el buró, de donde tomó su Beretta 9 milímetros y la puso en la parte trasera del pantalón. Colocó el silenciador de la pistola en uno de los bolsillos del chaleco y subió a desayunar.

Saboreaba sus alimentos con calma, cuando vio entrar en la cafetería del hotel a un hombre blanco, de pelo negro y pequeños ojos azules. Se concentró en Hoffmann después de sentarse a una mesa, junto a la mesa de él.

—Usted nos debe información —anunció el desconocido en un inglés pronunciado con la erre muy acentuada.

—¡Cómo molestan! —reprochó Hoffmann con el entrecejo fruncido, agrandando sus labios carnosos y su nariz ancha.

—Le repito que nosotros necesitamos información, porque si no la obtenemos, no estaremos en posibilidad de advertirle de una situación muy grave a la que usted está expuesto.

El sujeto examinó la expresión de Hoffmann, quien recorrió el comedor con la mirada.

—¿Un asunto importante con respecto a mi seguridad?

—Así es, Howard Hoffmann.

El mesero se acercó al desconocido.

—¿Desea ordenar?

—Sí. Quiero unos huevos con jamón, un jugo de naranja, un café y pan de dulce —pidió en español.

—En un momento, señor.

El mesero se alejó y el desconocido volteó de nuevo hacia Hoffmann.

—Usted está en peligro, señor Hoffmann. Sería mejor que confiara en nosotros —mencionó esto mientras desdoblaba un periódico como tratando de disimular.

Hoffmann Iba a replicar lo dicho por el desconocido, cuando dos sujetos morenos, con trajes oscuros, de estatura media y caras de perro rabioso, se acercaron en un santiamén desde la puerta hasta la mesa del desconocido.

—Señor Nicolayev Wyzcenski está usted detenido por permanecer de forma ilegal en México. Tenemos órdenes de que nos acompañe a las oficinas de migración.

—Acabo de pedir el desayuno —extendió las palmas hacia arriba—. ¿Podrían esperar un momento? Si quieren los invito.

—No, señor, tenemos órdenes de llevarlo de inmediato.

—Está bien, está bien —aceptó al sentir las manos de sus captores en sus brazos. Se levantó al instante doblando su periódico. Y sin comprometer a Hoffmann, salió delante de aquellos sujetos.

Los meseros se quedaron sorprendidos. Entonces Hoffmann les pidió la cuenta con una señal de la mano. Cuando uno de ellos se la llevó, él sólo firmó el documento y se levantó para retirarse.

Bajó con lentitud hasta el vestíbulo del hotel para esperar a Sanchez. Sentía que era muy temprano, por lo que volteó la muñeca izquierda para ver su reloj, pero no lo traía, y sin darle mayor importancia observó que eran ya las 11:25 en el reloj de pared. Se sentó en un sillón de cuero y esperó admirando el esplendido vitral del techo.

Abordaron un taxi en el Zócalo. Robert Sanchez le pidió al taxista que los llevara a la Secretaría de Relaciones Exteriores. Durante el trayecto, cada uno se concentró en sus reflexiones. «¿A qué peligro se refería ese desconocido? —se preguntó Hoffmann—. Y peligro de parte de quién, porque los soviéticos no me delatarían, por el momento. Y los mexicanos desconocen los propósitos de la CIA. Entonces, ¿de quién puede venir el peligro?»

Llegaron a la Secretaría de Relaciones Exteriores al mediodía. Caminaron decididos junto a la pared sur de la iglesia de Santiago Tlatelolco; y después, junto a la barda poniente del jardín de San Marcos. Bajaron una escalera de seis peldaños para seguir el corredor del costado oriente del edificio Chihuahua. Entraron por el primer acceso y subieron la escalera de un edificio con pocos inquilinos o visitantes a esa hora. Si alguien los vio, no le parecieron muy extraños, tal vez por el acostumbramiento a la creciente cantidad de sujetos que deambulaban por ahí, ya que el movimiento estudiantil llevaba a muchos jóvenes desconocidos a los mítines. Jóvenes que se intercalaban con policías uniformados, agentes secretos, y sobre todo, periodistas y fotógrafos nacionales y extranjeros. Y con más razón en un día de mitin, como ya todos los habitantes de los alrededores sabían.

Llegaron al noveno piso y le sonrieron con amabilidad a una anciana de bata floreada, quien arrastraba los pies por el pasillo de mosaicos grises, frente a la terraza, como un fantasma que se deslizaba rumbo al flanco sur de esa sección del edificio. Luego caminaron observando los departamentos a uno y otro lado del pasillo, como escogiendo el mejor de todos.

—Éste me parece adecuado, porque es de los que tienen las ventanas sobre la plaza y no se escucha nada en su interior —comentó Sanchez, mientras pegaba la oreja a la puerta desconchada de cedro y sin número que lo identificara.

—Sí, creo que éste está bien —contestó Hoffmann.

Sanchez llamó a la puerta elucubrando cómo conseguir el departamento: había analizado los pasos más importantes del plan, pero ese detalle lo había omitido. Observó que la puerta carecía de mirilla, lo cual consideró raro en una gran ciudad tan propensa al delito.

Abrieron la puerta en toda su amplitud, sin desconfianza. Otra rara actitud de quienes deberían ser cuidadosos para evitar los robos y las agresiones, porque tampoco tenía cerrojo ni pasador de cadena.

—¿Qué desean? —preguntó una mujer que rondaba los veinte años, morena, baja, corpulenta y de facciones redondeadas, con un abultado vientre que denotaba un embarazo avanzado.

—Disculpe la molestia, señora... —contestó Sanchez tratando de ser cortés, desconcertado por la mujer encinta que les abrió, como reflexionando qué le iba a decir para convencerla de que les rentara el departamento. Entretanto, Hoffmann estaba volteado, dándole la espalda a la mujer y detrás de Sanchez. Había sacado su pistola y atornillaba el silenciador al cañón—... verá —continuó Sanchez buscando las palabras adecuadas—, somos periodistas americanos y...

En ese instante, Hoffmann colocó su pistola a diez centímetros de la frente de la mujer, y cuando ésta ponía cara bovina, una bala le atravesó el cráneo y fue a impactarse a la pared de la estancia. La mujer cayó muerta, como regla, hacia atrás.

Sanchez se sobresaltó un poco, pero enseguida recuperó el aplomo.

—Pásate ya —ordenó Hoffmann, conforme daba algunos pasos en la estancia.

—Pero, ¿qué hiciste? —recriminó Sanchez con incredulidad.

Hoffmann, sin contestar, recorrió la estancia con la vista, apuntando con su arma hacia donde estaban los muebles de la sala y el comedor. Giró en abanico constatando que nadie más se encontraba en ese lugar.

—Métela más y cierra —ordenó.

Con pasos lentos, medidos, se acercó a la recámara donde se escuchaba el llanto de un niño, quien parecía adivinar que su madre acababa de morir. Enseguida revisó la otra recámara, la que tenía ventana. Regresó a la estancia, donde Robert Sanchez lo miró enfadado después de meter el cuerpo y cerrar la puerta. El cadáver tirado en el suelo, con el vientre abultado y los ojos abiertos, dejó manar sangre por el cráneo formando un charco alrededor del pelo.

—Ahora comprendo la confianza que les tienen a ustedes en Washington.

Mientras Sanchez afirmaba esto, una anciana abrió la puerta de vaivén de la cocina y gritó: «¡El niño está llorando!»

En un movimiento instintivo, Hoffmann levantó la pistola y apuntó hacia la frente de la mujer, quien observó la escena y subió las manos hacia su rostro, espantada, a punto de gritar horrorizada, pero se lo impidió una bala que se incrustó en su cabeza y fue a terminar a la pared del fondo de la cocina.

El cuerpo cayó en la cocina como muñeco de trapo.

—Pero hubiéramos podido…

—Hubiéramos podido ¿qué?

—No, nada. Tal vez sea mejor así.

La estancia se llenó de un silencio cómplice que los mantuvo en tensión, sin saber con certeza cómo proceder a continuación.

—Debemos meter los cuerpos en una recámara —sugirió Hoffmann observando el lugar, y luego agregó—: En ésa, donde está el niño. No tiene ventanas. Así podremos trabajar en la recámara con ventana y en la estancia, la cual también nos da buena visibilidad y espacio de trabajo.

—Espera —le pidió Sanchez, y sacó dos paquetes de plástico del bolsillo interior de su chamarra—. Toma. Ábrelo, y te pones esos adherentes dactilares para no dejar huellas en la escena.

Cada uno destapó su paquete. Desprendieron con cuidado cada adherente dactilar correspondiente a cada dedo de la mano. Ajustaban a la perfección con la yema del pulgar, índice, medio, anular y meñique, de cada mano.

—Listo —concluyó Hoffmann.

Los dos ya tenían sus huellas digitales cubiertas y procedieron a llevar los cuerpos a la recámara.

—A él también tenemos que callarlo —aseveró Hoffmann y caminó alrededor de la cama, observando los ojos rasgados en el rostro carnoso del niño que se deformaba en intrincados gestos por el llanto y su labio leporino.

—Parece coreano —comentó al fin para sí, entornando los ojos en una fina expresión de perversidad.

Sanchez recorrió el lugar. Llegó a la ventana vertical de la recámara, más larga que ancha, con asidero en la parte inferior que servía para abrirla hacia afuera mientras la parte superior se mantenía fija. Abrió la ventana y oteó la plaza de las Tres Culturas.

—Tiene buena perspectiva. ¿Tú qué opinas?

—¡Espera un momento!, ahora voy.

Sanchez regresó a la estancia y se acercó a la recámara donde lloraba el niño. Observó a Hoffmann sentarse en la cama, sobre una almohada, frente a una cómoda con un pequeño altar a la virgen de Guadalupe iluminada por algunas veladoras. Entonces escuchó el crujido que producen los huesos al romperse. El niño dejó de llorar y Hoffmann, sentado sobre él, sonreía como alucinado. «Al fin que estos mexicanos viven con un pie en este mundo y el otro en el más allá», pensó. «Viven llorando y mueren sonriendo.»

—También… lo mataste —recriminó Sanchez.

Hoffmann se encogió de hombros.

—Así debe ser.

Se levantó, quitó la almohada y observó el pequeño cadáver por un instante, después preguntó: «¿Qué me decías?», mientras revisaba un relicario que contenía algunos cabellos, quizá del niño que acababa de morir.

—No, nada.

Ambos se sentaron en la sala de tapizado azul claro con estampado floral. Hoffmann dejaba su bolso en el suelo cuando empezaron a percibir un olor a frijoles quemados. Se levantaron aprisa y fueron a la cocina. Una sartén con frijoles estaba en el fuego de la estufa. Sanchez apagó la lumbre, retiró la sartén y la puso en el fregadero. Después regresaron a la sala a sentarse de nuevo.

—Debíamos ganar tiempo —comentó Hoffmann mientras quitaba el silenciador de la pistola—, y evitar el riesgo de que alguien nos viera en el pasillo.

—Bueno, ya que decidiste asaltar así el departamento, necesitas mantener el arma con el silenciador por si llega alguien durante las siguientes horas.

Sanchez apartó una pantera negra de yeso y colocó la pistola calibre 45 en la mesa de centro.

—Ésta la voy a utilizar con este guante blanco que me lo voy a poner en la mano izquierda a la hora de salir, porque los integrantes del Batallón Olimpia vienen de civil y van a identificarse con un guante como este.

—Tienes razón, voy a mantener el silenciador en la pistola por si tengo que usarla de emergencia —comentó esto y colocó la pistola en la mesa de centro, junto a un florero de papel maché en forma de cisne de color rojo con rosas y nardos de migajón.

—Ven. Vamos a revisar la vista desde ahí —sugirió Sanchez.

Se acercaron a la ventana de la estancia y echaron un vistazo a la plaza rodeada de modernos edificios, al templo de Santiago Tlatelolco y más allá, a las ruinas arqueológicas.

Hoffmann alzó los brazos y los puso sobre el alféizar como si sostuviera un rifle. Cerró el ojo izquierdo y volteó los brazos hacia varios lados, como si estuviera disparando un arma desde la montaña.

—Está muy bien. Desde aquí se domina toda el área, hasta la avenida aquella y los edificios más allá.

—Allá está el edificio Molino del Rey, donde están ya parapetados Richard Koch y Jim Garcia.

—Por lo que veo, también tienen buen tiro desde allá. Y me imagino que aquí mismo, a nuestra altura, están Stevenson y Manuel Ibiza, ¿verdad?

—Sí. Creo que también ya están en sus posiciones.

Hoffmann se retiró de la ventana y preguntó ansioso: «¿A quién vamos a eliminar? ¿Por qué tantos tiradores?»

Se sentó en el sofá esperando la respuesta, la cual tardó algunos segundos, mientras Sanchez se asomaba por la ventana de la recámara y observaba el lugar.

—Vas a matar comunistas y soldados. Ese es tu trabajo y tu diversión, ¿no?

—Es mejor usar otro tono, ¿no crees? —sugirió Hoffmann y frunció el ceño.

—Tienes razón. Es mejor un buen ambiente si vamos a trabajar juntos toda la tarde.

—Así creo que va a ser mejor. Entonces, ¿vamos a provocar un caos? Porque los soldados y los sediciosos de seguro se van a enfrentar.

—Esa es la idea —aseveró Sanchez, dando algunos pasos por la estancia y moviendo sus manos con fruición—. Queremos despertar el odio del ejército mexicano para que sea más duro y evite con sangre cualquier nuevo brote comunista. Como sabes, los Estados Unidos tienen un compromiso con el mundo libre y no podemos cancelar ese compromiso, porque el costo sería el comunismo mundial —se acercó a la sala y se apoltronó en el sillón—. La dureza con la que tendríamos que actuar después sería mayúscula, porque este comunismo se instalaría muy cerca de casa y la libertad que gozamos estaría en peligro, así como el prestigio de nuestro país estaría en entredicho.

—Creo que tienes razón. La onda expansiva del comunismo quiere arrasar sobre Vietnam, Camboya, Laos, Birmania y Tailandia.

—Recuerda que esa agitación también crece en África, India y hasta hay células en Japón. Pakistán estrecha cada vez más su amistad con China. Si permitimos que esta onda expansiva, como tú la nombras, llegue a México, los aliados perderán la fe en nosotros. Desconfiarán de los americanos, de la protección que le brindamos al mundo libre. Desconfiarán de nuestra palabra y podrían dividirse, lo que nos fraccionaría y seríamos muy frágiles ante las embestidas comunistas. Se tambalearía la libertad y la justicia. El desarrollo humano tendría otra edad media, otro oscurantismo. A eso nos enfrentamos, al comunismo como una nueva religión autoritaria que impide el libre albedrío, la libertad de creencia y los avances científicos y tecnológicos. Un nuevo experimento social que frenaría el camino hacia la verdadera justicia. Al final, la humanidad reflexionaría, pero esta generación y quién sabe cuantas más, vivirían sumidas en el sufrimiento y la opresión. ¿Te das cuenta de la irrefutable importancia de Estados Unidos y sus aliados en la evolución de la humanidad?

—Me dejas perplejo —contestó Hoffmann—. Entonces, lo que hacemos no sólo es un juego de poderes. Es el bienestar que va llegando cada vez más hacia los países pobres. Los que por miopía, no ven más allá y piensan que el camino es el comunismo, pero que en realidad es una dictadura, una opresión. Ahora entiendo que mi trabajo es importante, muy importante.

Howard Hoffmann se recostó en el respaldo del sofá y contempló con desinterés los muebles de poco valor y otras fruslerías. Robert Sanchez bajó la cara y se quedó meditabundo escrutando el veteado de los mosaicos del suelo.

Los ojos aviesos de Hoffmann se dirigieron hacia el firmamento que se veía a través de la ventana y explicó: «Bien vale la pena unos cuantos muertos por salvar a este país, y a todos los que hoy por hoy están en peligro de caer en la rigidez del autoritarismo de unos cuantos jerarcas; quienes más que ayudar a su pueblo, quieren el poder por el poder, o perpetuarse en él. Embaucan al pobre y al ignorante para sostener una vida de privilegios. En realidad, nuestro trabajo es muy importante, ¿no lo crees?»

—Por supuesto que sí.

Y de nuevo se sumergieron en sus abstracciones.

—¿Qué hora es? —preguntó Hoffmann.

—La una y media.

—Bien, es hora de irnos preparando.

Sanchez esbozó una sonrisa, conforme Hoffmann recogía su pistola y su bolso para dirigirse a la recámara iluminada por la luz vespertina que entraba por la ventana. Dejó la pistola y la cámara fotográfica en el buró, y el bolso sobre la cama. Luego se quitó el chaleco y lo dejó en el respaldo de una silla, junto al clóset. Percibió por la ventana el aspecto apacible de la plaza, donde las personas paseaban con calma, sonriendo, bromeando, y los niños jugando con sus mascotas, sus patines o sus bicicletas. Y mientras observaba el lugar, le llamó la atención que cinco personas caminaran por la azotea del templo.

—¿Nada más voy a disparar a la plaza?

Sanchez contestó desde la estancia:

—Sí, nada más. No vayas a dispararle a otros edificios, ¿eh?

—Algunos individuos están caminando en la azotea de la iglesia, y parece que llevan cámaras fotográficas o de filmación, aunque podrían ser armas. ¿A ellos sí les voy a disparar?

—No. Con seguridad son del gobierno, y si les disparas, delatarás nuestra posición. Sólo vas a dispararle a los comunistas y a la fuerzas del ejército que lleguen a la plaza.

Hoffmann cogió su pistola de nuevo y fue al cuarto de baño, donde se encerró por largos minutos. Tiempo que aprovechó Sanchez para dormitar en el sillón, jugueteando con un cesto de macramé.

—Yo ya tengo hambre, ¿y tú? —comentó Hoffmann al salir del cuarto de baño abrochándose el cinturón y sujetando la pistola con la mano derecha, todavía con el sonido del agua bajando de la cisterna del retrete.

—¿No acostumbras lavarte las manos después de ir al baño?

—Bueno, pocas veces. Allá en las tierras pobres de Oklahoma cagábamos muchas veces en letrinas, y no teníamos agua cerca. En Corea no hubo quien me enseñara. ¿Quieres enseñarme tú? —preguntó con ironía mientras depositaba la pistola en la mesa de centro y se dejaba caer sobre el sofá como un fardo de carbón.

—Está bien, olvídalo. Vamos a ver qué hay en la cocina, ya son las dos.

Entraron en la cocina y encontraron huevos en un recipiente, y arroz y chiles rellenos sobre la estufa que las mujeres habían cocinado.

—¿Qué te parece esto? —cuestionó Sanchez.

—No, gracias, eso tiene chile. Mejor me voy a preparar unos huevos revueltos. Déjame ver si hay jamón.

Abrió el refrigerador y encontró algunas salchichas y un poco de jamón.

—Voy a revolver unos huevos con jamón y salchicha. Tengo mucha hambre.

Sanchez calentó la comida y Hoffmann buscó una sartén. La encontró en el horno de la estufa donde estaban algunas ollas y un comal.

—Ahí hay tortillas —señaló Sanchez un paquete que estaba junto a una ristra de ajos, sobre una mesa pequeña de pino en el rincón de la cocina.

—Hoy no se me antojan las tortillas —interrumpió Hoffmann de modo tajante, y señaló un paquete de pan Bimbo que estaba junto a las tortillas—: Prefiero pan.

Frió cuatro huevos revolviéndolos con trozos de salchicha y jamón. Cada uno sirvió su comida y la llevaron al comedor. Pusieron en la mesa una jarra de vidrio con agua de limón que estaba en el refrigerador.

—Mejor servicio no podrías pedir, bueno, en estas circunstancias.

—Podría ser mejor, pero con esto me conformo.

Comieron degustando con calma sus alimentos. Después se levantaron satisfechos y caminaron a la sala. En ese instante se escuchó el correr del pestillo en la cerradura. Hoffmann y Sanchez recogieron con rapidez sus pistolas de la mesa de centro.

Un hombre confiado, moreno y rechoncho, entró llamando a su esposa: «¡Lupita, ya llegué!»

Después de cerrar, se encontró con dos pistolas que lo encañonaban y una mancha de sangre en el suelo.

—¿Qué?... ¿Qué pasa?

—Guarde silencio y acuéstese boca abajo.

—¿Qué quieren? ¿Quiénes son ustedes?

—Haga lo que le digo —ordenó Sanchez alterado.

—Sí, sí, señor —farfulló angustiado mientras se acostaba boca abajo, y después preguntó—: ¿Dónde está mi esposa y mi madre?

—¡Cállese!

Los agentes de la CIA se miraron entre sí, y con un movimiento de cabeza, Hoffmann le indicó a Sanchez que se apartara. Éste asintió también con la cabeza. Se retiró unos pasos, y decidió sentarse en el sillón a esperar.

—Por favor, señores, díganme dónde están y qué quieren de mí.

El hombre fue sujetado por una cuerda que le rodeó el cuello. Batalló por uno o dos minutos. Y en un instante, aflojó el cuerpo casi sin saber qué le había pasado.

Hoffmann lo arrastró hasta la recámara donde estaban los otros cadáveres.

—Esta es tu familia. Permanezcan juntos para siempre.

Los minutos pasaban con lentitud. Hoffmann dormitaba recostado en la cama con su pistola en el buró. Se incorporó al escuchar ruidos fuera del departamento, por lo que cogió su arma y salió a la estancia, donde Sanchez también se había parado y tomado su pistola. Los pasos enérgicos de las personas que pasaban de un lado a otro por el pasillo se acompañaban de voces masculinas dando órdenes, las cuales se alejaron poco a poco hasta desvanecerse.

—Pudieron echarnos a perder la operación —comentó Sanchez con la vista clavada en el rostro de Hoffmann, todavía parados junto a la puerta.

—¿Qué hora es? —preguntó Hoffmann.

—¿Y tu reloj?

—A diferencia de otras ocasiones, hoy se me olvidó en el hotel.

—No importa, son las tres veinticinco.

—Gracias. Estaba preguntándome, ¿cómo voy a saber cuándo empezar a disparar?

—Muy sencillo. El ejército acordó que unas luces de bengala sean la señal para que las tropas envuelvan a los manifestantes y los del Batallón Olimpia apresen a los dirigentes estudiantiles en el tercer piso de este edificio. Por eso, la fuerza aérea va a mandar helicópteros, desde donde van a lanzarse las luces. En ese momento, los tres equipos empezaremos la acción.

—¿Y el ejército va a venir armado a sabiendas de que hay muchos inocentes? —preguntó Hoffmann dirigiendo sus pasos a la ventana de la estancia.

—Hasta los dientes —contestó Sanchez recargado en el trastero del comedor—. La inteligencia militar de México sabe que elementos terroristas van a recibir armas, granadas y explosivos cuando se dirijan al Casco de Santo Tomás, y sabemos que así será por la información facilitada por el *topo* del Mossad ubicado en la Dirección Federal de Seguridad, quien tiene la misión de identificar y eliminar a los agitadores comunistas. Y por otro lado, se tiene información de que estos están triangulando armamento y municiones soviéticas a la Organización para la Liberación de Palestina. Los dirigentes huelguistas planean llevar la multitud al Casco de Santo Tomás para liberar sus escuelas, y muchos extremistas van a recibir el armamento en el trayecto para enfrentar al ejército en un lugar más propicio que les permita huir si es necesario. Por las dudas, el secretario de la Defensa Nacional y su estado mayor piensan que es mejor detenerlos aquí en una maniobra rápida y envolvente, antes de que se armen los terroristas, para evitar derramamiento de sangre en el Casco de Santo Tomás, y evitar así que los dirigentes estudiantiles y los sediciosos puedan escapar. Es un hilo muy delgado, que con un poco de tensión se puede reventar. Muchos de esos dirigentes y muchos estudiantes son muy románticos; tanto, que ignoran el peligro en que están y piensan que pueden seguir dándole de patadas en las espinillas al gigante sin que éste haga nada.

—Entonces, en la embajada piensan que el ejército sólo va a detener a los estudiantes para persuadirlos con unas nalgadas, ¿verdad? Así, los estudiantes van a comprobar que sí pueden seguir dándole de patadas en las espinillas al gigante y los comunistas van a confirmar que pueden levantarse en armas, mientras el ejército seguirá dudando en usar la mano dura.

—Así es —aseveró Sanchez, mientras caminaba al encuentro de Hoffmann en la ventana de la estancia—. Cuando el ejército quiera reaccionar, los comunistas ya ganaron un tiempo precioso y una victoria en el Casco de Santo Tomás a los ojos del mundo y de su pueblo, envalentonando a otros jóvenes que dudaban en volverse guerrilleros, como sucedió en Cuba, donde minimizaron las acciones de Castro, y cuando quisieron reaccionar, éste ya les había ganado la partida. El presidente Johnson sabe que el general Marcelino García Barragán, un general revolucionario, duro y fraguado en la batalla, hoy es un anciano de 73 años con un espíritu blandengue que se niega a extirpar el comunismo llevándose a jóvenes inocentes, de seguro piensa en sus propios hijos y sus nietos, o en la formación comunistoide que les trasmitió su general Lázaro Cárdenas. Debemos vencer esa resistencia y actuar hoy para evitar que ese cáncer se expanda a todo el territorio mexicano y al norteamericano y al mundo entero, caiga quien caiga.

Ambos permanecieron contemplativos por algunos instantes, escrutando la plaza.

—Sí —aceptó Hoffmann y afirmó con la cabeza—, nuestro trabajo en muy importante.

Hoffmann entró en la recámara y volvió a depositar la pistola en el buró. Luego se recostó; y detrás de él, continuó Sanchez hasta la ventana.

—Se está nublando y quiere llover —comentó al observar minúsculas gotas de agua adheridas al vidrio de la ventana—. Quién sabe si se realiza el mitin.

—Estoy seguro de que sí. Los estudiantes están decididos a liberar sus escuelas, y los elementos terroristas van a aprovechar la oportunidad de causar grandes bajas al ejército en el Casco de Santo Tomás.

—Este parece un día muy propicio para iniciar una revolución, ¿verdad? —comentó Sanchez—. Sobre todo con la olimpiada tan cerca, y con la posibilidad de huir, formar más células guerrilleras y sembrar el caos en plena olimpiada. Las pláticas con el gobierno hacen pensar a los estudiantes que el ejército sólo busca disuadirlos con demostraciones de poder. Tal vez por eso, los huelguistas amenazan al gobierno con dirigirse al Casco de Santo Tomás a liberar sus escuelas. Son muy inocentes estos estudiantes, ¿no te parece? Porque todo esto que hacen es como regar pólvora, donde sólo basta una chispa para producirse un gran incendio. Y esa chispa somos nosotros. Es como cuando juegas ajedrez, ves sólo la jugada buena, absorto en el triunfo; sin advertir que te preparan una sorpresa por el lado contrario del tablero.

Sanchez advirtió que los asistentes empezaban a llegar.

—Ve preparando el equipo —sugirió, y luego agregó—: Voy a preparar café, ¿quieres?

—Sí, por favor.

Hoffmann vio a Sanchez salir de la recámara. Observó que traía botines de infantería cubiertos por unos pantalones café oscuro, y recapacitó: «Ya he visto personas vestidas así en diferentes partes de la ciudad. Se les identifica de inmediato que son militares vestidos de civil, sobre todo por su corte de cabello y por esos botines. ¿De veras pensarán que pasan inadvertidos?» Se arrellanó y puso sus manos en la nuca para estirar los músculos de todo el cuerpo, lo cual le servía de relajante en sus largas horas de espera en cada una de sus misiones.

De nuevo entró Sanchez a la recámara con dos tazas de café.

—Te puse dos cucharadas de azúcar, ¿está bien?

—Sí, sí, está bien. Lo importante es el café.

—Bueno, esto nos va a relajar.

—Gracias, Sanchez.

—Bobby, Howard, llámame Bobby.

Hoffmann inclinó la cabeza y sonrió.

—Está bien, Bobby. Sabes, tengo una duda.

—¿Qué? —preguntó Sanchez mientras se sentaba en la silla.

—Cuando tú vienes pelado al estilo militar y con botines de infantería, ¿lo haces porque así se disfrazan los militares aquí para pasar como civiles comunes y corrientes?

—Exacto. Así andan los militares infiltrados entre obreros, campesinos, estudiantes o cualquier otra organización, pensando que nadie los nota.

—Qué forma tan absurda de querer ser agentes secretos ¿no te parece?

—De inmediato sabes quién es de la secreta o militar, porque además actúan de una manera que no te puedo describir, pero que dan la impresión de que se sienten como luminarias de una película de acción.

—Y andando así, en estas misiones, ¿cuándo ves a tu familia?

—Casi nunca. En nuestra profesión escasea el tiempo para eso. Te consagras a tu país de tiempo completo. Pero cuando me retire, quiero dedicarme a la política, tengo muchas aptitudes. Soy buen orador, y a lo mejor llego a gobernador de California. Ese es mi sueño y algún día lo lograré.

Hoffmann se paró y fue a la ventana para interrumpir el discurso que ya ganaba ínfulas.

—Vamos a cerrar las cortinas desde ahora para que en el momento de la acción no sepan de donde disparan, ¿cómo ves?

—Sí, creo que tienes razón. Pero sólo vamos a cerrarlas a medias para que en el momento de la acción puedas asomarte y retirarte sin enredarte con las cortinas, aunque de seguro van a disparar más a las ventanas con cortinas abiertas, son muy elementales.

Conservaron abiertas las ventanas y corrieron las cortinas lisas de color ocre, tanto de la recámara como de la estancia.

A las cuatro de la tarde, Sanchez se levantó del sillón donde estuvo dormitando y tomó su pistola para colocársela a la derecha del pantalón, la cual quedó cubierta por su chamarra negra de piel de becerro.

—Howard, voy a salir.

Hoffmann se levantó de la cama y se acercó a la estancia.

—¿Adónde vas? —preguntó extrañado.

—Voy a recorrer el edificio, de preferencia el tercer piso, donde ya deben estar algunos dirigentes estudiantiles; y de incógnito, los del Batallón Olimpia.

—Pero puedes tener problemas, ¿no?

—Los integrantes del Batallón Olimpia, quienes son jefes, oficiales y tropa de corporaciones militares del interior de la república, tienen la consigna de no comunicarse entre ellos y mucho menos con extraños. Me van a considerar por mi apariencia como uno de ellos, o de la secreta o de la judicial o de los guardias presidenciales, quienes por cierto algunos me conocen, pero supondrán que vengo a tomar notas para informar a mi embajada o a rescatar americanos, lo que en realidad vengo a cumplir. La verdad es que no se conocen ni entre ellos mismos, pero quienes no me conocen van a recordar mi rostro, y en el momento de huir nos van a dejar pasar, porque con una vez que me vean en este momento, cuando más tensos están, con todos sus sentidos en alerta, van a considerarme como uno de ellos.

—Pero si te piden identificación... Ah, ya entiendo, la traes falsificada, ¿verdad?

—No, no es necesario, porque las órdenes son de que ninguno de ellos traiga identificación. Sólo van a reconocerse por un guante blanco en la mano izquierda para sostener la pistola con la derecha. Se van a poner el guante y van a sacar sus pistolas cuando inicie el arresto de los dirigentes. Se considera que todo va a ser fácil y rápido, con un movimiento coordinado y ya. Bueno, eso es lo que el gobierno espera. Ahora vengo, ¿eh?... Ah, cuando regrese, te voy a avisar con tres golpes rápidos y tres golpes lentos, para que sepas que soy yo y me abras.

—Está bien. Entendido.

Sanchez abrió y verificó con cuidado que nadie estuviera en el pasillo. Luego salió y cerró lo más silencioso posible.

Hoffmann meditó en lo que había dicho Sanchez, y concluyó que todo parecía muy claro y lógico. También recordó que a esa hora ya debía haber hablado con los soviéticos para informarles las acciones por realizar, pero sabía que nada debía decirles: ni dónde estaba ni qué pretendía realizar la CIA ese 2 de octubre. Así que decidió sosegarse y esperar el regreso de Sanchez. «Bobby, sí, cómo no», opinión irónica que lo relajó.

Caminó hasta el buró y cogió la cámara. «Bueno, mientras espero voy a tomar algunas fotografías.» Entre las cortinas, sacó la cámara y fotografió la plaza y la iglesia, así como algunos edificios; entre ellos, el de la Secretaría de Relaciones Exteriores.

Avistó con detenimiento la plaza, adonde varios grupos de jóvenes empezaban a llegar. Sabía que esos jóvenes iban a morir. Evocó la vez que fue enviado también como fotógrafo de prensa a Yakarta, Indonesia, para cumplir una misión en un operativo que se denominó *Gestapu*. Debía fotografiar un desfile militar el 5 de octubre de 1965. Llegó quince días antes y lo presentaron con varios militares indonesios que habían tomado cursos en Estados Unidos. Fingió entablar una amistad con ellos, y los acompañó a fiestas, festivales o a simples veladas de amigos. Con posterioridad, su jefe le informó que debía acompañar a sus nuevos amigos en un operativo: el ejército indonesio iba a dar un golpe de estado militar para derrocar al presidente comunista Sukarno e instalar al general anticomunista Suharto. La noche del 30 de septiembre, en Yakarta, acompañó a los jóvenes militares que iban de civil para fotografiar la casa de un conocido general anticomunista — quien no iba a estar allí—, donde los militares causarían destrozos, matarían a la servidumbre y dejarían pistas que culparan a los comunistas, aparentando que iban para liquidar al general. La misión secreta de Hoffmann era eliminar a la hija de ese general para darle más realismo a la provocación: los militares no se iban a atrever, ya que la venganza de ese general, una vez que formara parte del grupo en el poder, sería terrible. Un general anticomunista, pero también antioccidental, e incluso llegó a detestar a Estados Unidos.

Una niña, unos disparos en la oscuridad, unas fotografías de la noche «y un dictador que después realizó una imponente purga de sangre, exterminando a miles y miles de comunistas por toda Indonesia», pensó.

Se recostó en la cama de nuevo y dejó la Canon junto a él.

Un murmullo lejano de gritos se filtraba por la ventana. El rotor ensordecedor de un helicóptero que pasó sobre el edificio cimbró los vidrios de la ventana. El zumbido de las aspas se alejaba, cuando escuchó tres golpes rápidos y tres golpes lentos en la puerta. Alcanzó su pistola del buró y caminó rápido hacia la puerta. La abrió sin preguntar: Sanchez podría necesitar ayuda inmediata.

—Cierra —apremió y entró deprisa.

—¿Qué pasó? ¿Te vienen siguiendo?

—Creo que dos terroristas me siguieron. Pueden ser de los que están identificando agentes.

—¿Te vieron?

—No, creo que no.

Hoffmann bajó su pistola, y ambos caminaron desganados por la estancia rumbo a la ventana.

—¿Cómo está la situación? —preguntó Sanchez.

—Todo bien, ya se escuchan algunos gritos.

En ese momento llamaron a la puerta. Los agentes de la CIA se miraron con extrañeza.

—Ve tú y pregunta quién es —sugirió Hoffmann en voz baja.

—Sí, es lo mejor.

Llamaron de nuevo.

—¡Voy! —gritó Sanchez.

Caminó con su pistola en la parte posterior del pantalón. Abrió y observó que eran dos jóvenes, uno alto con chamarra azul de mezclilla y otro más bajo con chamarra café de pana, ambos morenos y de pelo largo hasta los hombros.

—¿En qué puedo servirles?

—Queremos saber si usted vive aquí —aclaró el alto con tono autoritario.

—Por supuesto, si no, no estaría aquí. ¿No le parece?

Iba a cerrar la puerta, cuando entre los dos jóvenes la detuvieron.

—Queremos entrar —afirmó amenazador el joven de talla baja.

Con la puerta entornada, Hoffmann se deslizó de puntas hasta colocarse detrás de la puerta. En cuanto Sanchez confirmó la nueva posición de Hoffmann, se apartó y los jóvenes entraron.

—Disculpe usted, pero nos dijeron que...

Se dieron vuelta y ya Hoffmann los encañonaba. En ese instante, Sanchez también sacó su pistola; les apuntó, y con presteza cerró la puerta.

—Levanten las manos —ordenó Sanchez con calma— y pónganlas en la pared.

Los jóvenes se voltearon y pusieron las manos donde les habían indicado.

Hoffmann se acercó a Sanchez y murmuró: «Voy a ver si vienen con alguien.»

Abrió y observó con detenimiento el pasillo. Se oían voces a lo lejos. Después volvió a cerrar al constatar que estaba desierto.

—No hay nadie. Pregúntales si alguien viene con ellos.

—Son gringos, ¿verdad? —preguntó entusiasmado el joven alto.

—¿Alguien viene con ustedes?

—Ustedes nos van a ayudar, ¿verdad?

—Contesta —refunfuñó Sanchez con impaciencia.

—No, nadie.

Sanchez registró a cada uno de ellos. Le encontró un revólver calibre 38 al bajo y una navaja de bolsillo al alto.

—¿Tienen más armas?

—No, señor, se lo juro —contestó el que traía la pistola.

Sanchez guardó la navaja en su bolsillo izquierdo del pantalón, puso las pistolas en la cintura y se alejó algunos pasos. Caminó como distraído entre los muebles del comedor, esperando el resultado de todo aquello.

En ese momento, Hoffmann acercó su Beretta 9 milímetros con silenciador a la nuca del joven alto y, sin decir más, disparó su arma. El joven se desplomó de inmediato. Al otro se le heló la sangre cuando vio la mancha roja que pintó la pared blanca. Giró sobre su eje con los ojos desorbitados.

—No, por favor. No me mate —suplicó con la espalda pegada a la pared, mirando petrificado al hombre negro y alto, de pistola en mano.

Hoffmann sonrió y le puso la pistola en el área cardiaca.

—No te preocupes —comentó en inglés.

Se escuchó un breve zumbido, y una mancha roja se extendió con prontitud por la camisa gris perla del joven estudiante, a la altura de su tetilla izquierda. Le dio tiempo de emitir un gorjeo y subir sus manos para sujetar el pecho. De inmediato se resbaló como trapo viejo.

—Sanchez —llamó—, ayúdame a llevarlos a la recámara, con los otros muertos.

—Está bien —masculló resignado, y sujetó de las muñecas a uno de los jóvenes. Lo jaló siguiendo a Hoffmann, quien ya arrastraba al primero. Después dejó el revólver en la mano del que arrastró.

—Bueno, se murieron por tercos —comentó Hoffmann—. Aunque yo creo que ya les tocaba, aquí o allá abajo.

Salieron de la recámara y cerraron la puerta. Luego corrieron las cortinas de la ventana de la estancia para asomarse a la plaza.

—Bueno, ¿y cómo te fue? —preguntó Hoffmann—. ¿Recorriste el edificio?

—Sí. Decidí primero subir a la azotea. En todo el edificio hay muchos jóvenes, y por supuesto, hay muchos agentes y militares de incógnito.

—Ya me imagino. Terroristas, estudiantes, policías y militares caminando juntos como si fueran amigos. Y todos se hacen los disimulados, fingiendo ignorar quiénes son unos y quiénes los otros. —Sí, todos andan como mirándose de reojo antes del encuentro. Eso percibí cuando llegué al balcón central del tercer piso. Allí es donde hay más gente. Logré asomarme a la plaza y ya hay una buena multitud. En eso estaba cuando un miliciano de civil se me acercó y me preguntó que de qué unidad era. Yo le señalé que no anduviera preguntando eso. Me miró extrañado. Me contestó que tenía razón y se retiró. Después sólo recorrí el pasillo del tercer piso de un lado a otro. De un departamento de ese piso vi salir a un gordo de aproximadamente cuarenta años, sin duda un agente o miliciano de civil. Pasó entre los jóvenes y les sonrió, a mí también me sonrió. Lo vi bajar la escalera, y cuando regresé de una de mis caminatas para hacerme notar, lo volví a ver, pero ahora entrando al departamento del que había salido. Luego me vine para esta sección del edificio, y también subí y bajé varias veces. Y tú, ¿qué hiciste aquí?

—Nada. Estuve recostado —contestó Hoffmann sin querer dar más explicaciones.

Volvieron a mirar hacia la plaza. Después Hoffmann se retiró a la recámara y Sanchez se dirigió al sillón de la sala, desde donde miró las manchas de sangre que pintaron la pared y una fotografía de la boda de los inquilinos. Luego apoyó su cabeza en el respaldo y se quedó dormitando.

Howard Hoffmann sintió un ligero cosquilleo en la nuca. Se acercaba la hora de participar en combate, como cuando esperaba con su corporación el arribo de algún contingente de norcoreanos o chinos o ambos. Esa sensación de estar en la ruleta rusa que sienten los soldados antes de iniciar un combate. Se puede morir o se puede vivir. Una rara sensación que recorre la garganta en un trance de estática hipnosis que mantiene al soldado en expectante alerta, imaginando lo que se sentiría estar en casa, escuchando música o charlando con los amigos. «¿Por qué estoy aquí? —pensó—. ¿Por qué existen los conflictos? Yo no merezco esto. Ya no quiero estar en esto. Lo hago por quienes están allá, esperando una vida sin agonías, sin sufrimientos, sin carencias. Pero ni modo, tuve que matar a los ojos rasgados para que mis compatriotas vivieran bien. Ahora son estos malditos gusanos mexicanos. Son iguales. Desgraciados locos. Ellos se lo buscaron. Mi patria necesita vivir con tranquilidad, sin la amenaza comunista. Van a morir, van a morir.»

—Ya son las cinco y cuarto, y la plaza es un mar de gente —anunció Sanchez, al tiempo que tamborileaba con el dedo sobre el reloj—. Será mejor que armes ya el rifle y veas que quede todo listo.

—Tienes razón.

Hoffmann se incorporó y abrió el bolso. Sacó los accesorios de la cámara y los rollos de fotografía, y los puso en la cama. En seguida abrió el fondo falso y sacó el M16-A1. Lo ensambló con cuidado y le ajustó el silenciador. Colocó un cargador, cortó cartucho y puso el seguro.

—Todo listo.

Sentado en la cama, puso el rifle en sus muslos, mientras Sanchez observaba al gentío arremolinado en la plaza.

—Fíjate que hay más de cuatro mil personas. Imagínate si esta gente fuera al Casco de Santo Tomás y muchos de ellos se armaran en el camino, iban a causar una verdadera guerra.

—A ver, déjame ver —Hoffmann se acercó a la ventana tras dejar el rifle en la cama—. Esto va a estar muy fácil.

—Y ya se ven soldados allá, en las calles adyacentes. Te recomiendo que dispares como quedamos, sólo a los soldados que vayan entrando y a los civiles que están en la plaza.

Empezaron a escucharse las palabras de algún dirigente estudiantil en un altoparlante. La turba gritaba emocionada y echaba porras, así como vivas que le daban una intensidad tan grande que de seguro se escuchaba el barullo mucho más allá de dos o tres cuadras. El zumbar de un helicóptero cimbraba las ventanas al ascender y descender, como tratando de impedir que las palabras de los oradores se escucharan. Una brisa húmeda llegó al rostro de los agentes de la CIA. Las nubes empezaban a cerrarse en oscuros fantasmas amorfos.

Sanchez se separó de la ventana.

—¿Quieres otro café?

—No, ya no, gracias. No quiero que me tiemble el pulso.

Hoffmann fue por su rifle y lo dejó junto a él debajo de la ventana. Poco después regresó Sanchez con una taza de café en la mano.

—¿Ya te armaste?

—Sí. Qué tal si se adelantan con la señal, y yo sin mi arma. Porque los dos helicópteros militares andan dando vueltas sobre el teatro de operaciones.

—Pero todavía falta. Son las cinco cuarenta. Nos indicaron que la señal se daría a las seis.

—Sí, ¿pero qué tal si cambian de planes?

—Está bien, mantente alerta. Yo voy a poner tu bolso junto a mí, para estarte pasando cargadores y recoger los usados. Después tengo que recoger los casquillos para tratar de no dejar ninguno.

—Entonces, al bajar las bengalas empiezo a disparar sin más esperas, ¿verdad?

—Sí. Los tres equipos tenemos la indicación de tirarle primero a los soldados que vayan entrando en la plaza para que contesten el fuego; y después, a los civiles para causar el caos. Los del Molino del Rey y los dos equipos de este edificio hacemos un excelente triángulo para ejecutar la emboscada a la perfección.

Sanchez tomó un sorbo de su café.

—¿Y hasta qué hora vamos a estar disparando?

—Tenemos instrucciones de permanecer sólo hasta las seis y media. Los del Molino del Rey hasta las seis veinte. Después de eso, nos vamos. El resto del trabajo lo hará un ejército asustado, indisciplinado y poco entrenado, que aprenderá la lección para que en adelante use la mano dura y busque a los cabecillas comunistas hasta por debajo de las piedras, desde hoy y para siempre.

—Entendido —acató Hoffmann la disposición y apretó su arma, como si hubiera recibido una instrucción militar en las trincheras de Inchon. «Acabaré con esos gusanos rojos a como dé lugar», pensó, mientras sus ojos se hundían en tenebrosos abismos. Eran dos pozos feroces e insondables que marcaban su determinación y su frialdad para cumplir las órdenes, todavía con el recuerdo del aire salobre del mar mezclado con el olor a sangre y pólvora en las playas de Corea.

Por un momento se despejó el cielo, y el sol brilló en algunas áreas de la plaza, pero sólo fue por algunos minutos. Hoffmann se mantuvo sentado debajo de la ventana para evitar que alguien viera a un hombre de raza negra en un departamento del noveno piso.

Sanchez bebía su café sentado en la cama.

—Levántate, Howard, ya son las seis.

De nuevo, el sol se ocultó detrás de las nubes, lo cual permitió que Hoffmann se asomara por la ventana. Luego levantó el rifle como un tímido instrumento negro indistinguible.

—¿Qué pasó? Ya pasan de las seis y no hay ninguna señal.

—Espérate, Hoffmann, estate alerta.

—Es difícil estar alerta con militares subdesarrollados que no comienzan sus acciones a la hora que habían planeado. Eso es lo que sí me pone nervioso.

Un helicóptero militar descendió hasta situarse sobre la iglesia de Santiago Tlatelolco y lanzó varias bengalas verdes y rojas, lo que iluminó con magnificencia toda la plaza. El ruido del altoparlante con su voz metálica se confundió con el potente zumbar de los helicópteros y los aullidos del tumulto.

Las bengalas caían disminuyendo su iluminación. Entonces Hoffmann levantó su rifle de asalto M16-A1 y apuntó con sumo cuidado hacia los efectivos del ejército que venían entrando con bayoneta calada por el costado poniente del templo. Disparó a discreción, y sonidos apagados como el de alguien que habla en seseos: zum, zum, zum, zumzumzum, se dejaron escuchar en la recámara. A su lado, sentado, se encontraba Sanchez pasándole cargadores conforme se iban desechando. En la plaza, el estruendo de las metralletas de los soldados que a Hoffmann le parecían rifles semiautomáticos M1 y automáticos M2, empezaron a escucharse como ecos que retumbaban largamente. Ello provocó que los civiles corrieran y se dispersaran espantados. Simples mortales que sucumbían ante la voluntad de una poderosa divinidad, quien desde las alturas disponía de la vida de aquellos ilusos pecadores, condenados por desafiar su poderío en este mundo con reclamos de justicia, igualdad y libertad.

El rifle de Hoffmann se desvió hacia el corredor del costado sur de la Vocacional 7. Disparó sobre la tropa que también penetraba por ese lugar hacia la plaza. Se detuvieron de momento, pero eran tantos que los de atrás empujaban a los de enfrente. Muchos cayeron en la zona arqueológica, en donde una gran cantidad de civiles también se refugiaban. Él disparaba sin cesar, tratando de causar el mayor daño posible, como le habían enseñado y como lo había cumplido oculto entre los carrizales de las vastas playas de marea baja de Corea. Quitaba y ponía cargadores continuamente. Bajaba el cañón de su rifle para destrozar a los civiles sin miramientos, a pesar de la lluvia que empezaba a caer sobre el vidrio de la ventana que cubría su cabeza. Siguió con su arma el vaivén de la turbamulta. Perseguía las olas que creaban los civiles en su desaforado frenesí, como un cardumen que trataba de huir de la estrecha red de sus captores. Después movió su metralleta hacia el lado oeste de la iglesia y hacia abajo del edificio Chihuahua, por donde la tropa también entraba disparando, algunos con sus anticuados rifles de cerrojo 7.62, agachándose para esquivar las ráfagas de armas automáticas.

—Los soldados están disparando hacia este edificio, pero a los pisos bajos —le informó muy excitado a su compañero.

—Es que todavía no saben de donde vienen los disparos.

Hoffmann tuvo un ligero dolor en el hombro derecho por el constante martilleo de su metralleta, aunque el tableteo no lo suspendió ni un instante. Incluso ponía en vertical su arma y dirigía la punta del cañón hacia la parte inferior del edificio: ahí estaban muchos civiles que se refugiaban pegados a la planta baja del propio edificio. Y casi sin darse cuenta, uno de los helicópteros de la fuerza aérea mexicana se acercó a su ventana y disparó balas aisladas de arma semiautomática. Hoffmann se ocultó de inmediato al sentir los fragmentos de vidrio de la ventana destrozada.

—¡Me vieron! ¡Me vieron, Sanchez! —exclamó sin perder el aplomo.

—Contesta el fuego, pero ¡ya!

Hoffmann se incorporó con su rifle preparado, apuntando hacia el frente. Soltó una ráfaga hacia el helicóptero que le pareció un Bell 47, el cual se tambaleó en el aire al recibir los disparos, y en una maniobra difícil se deslizó con dirección al edificio de Relaciones Exteriores. Al ver Hoffmann que se retiraba la nave y al observar una luz que parpadeaba desde los pisos altos de dicho edificio, apuntó templando los nervios hacia la luz y la apagó con la precisión que le daban largas sesiones de práctica y las múltiples misiones exitosas como francotirador de la CIA.

—No, Howard, no. A los edificios quedamos que no —replicó Sanchez al darse cuenta de la maniobra.

Sin decir nada, Hoffmann bajó el ángulo de disparo y siguió activando el gatillo hacia los pocos civiles que ya quedaban en la plaza y en las áreas arqueológicas, pero que se apretujaban bajo el edificio 2 de Abril.

Quitaba y ponía cargadores sin descanso, cuando sintió los chiflidos de las balas que llegaron al departamento. Las balas de grueso calibre se incrustaban en el yeso del techo, dejando caer un polvillo blanco, y en los cuadros de la pared, lo que dejaba amplios boquetes esparcidos conforme iban llegando. Los agentes se agacharon.

—Ya están tirando más arriba. De seguro ya les avisaron que los tiradores estamos acá. ¿Cuánto tiempo llevamos?

—Son las seis veintidós. En ocho minutos nos retiramos. Así que voy a seguir recogiendo casquillos para guardarlos en el compartimiento secreto de tu bolso.

—Entonces ya ni me voy a la otra ventana, ¿verdad?

—No, ya no. El alboroto que teníamos que desencadenar, ya lo hicimos. Tú sigue disparando desde aquí.

—Entendido —concluyó, y se levantó cortando cartucho.

Había ya muy pocos civiles a quienes dispararles, pero sí había soldados con quienes enfrentarse. Ellos hacían fuego hacia lo alto, mientras se desplazaban por distintos lugares de la plaza, brincando una gran cantidad de cadáveres y heridos quejumbrosos que yacían dispersos en la zona de combate. Recibían el apoyo de los jeeps con ametralladoras calibre 50 desde la avenida San Juan de Letrán. De cualquier forma, Hoffmann buscaba y disparaba en ráfagas para seguir causando tensión entre los militares.

Los carros blindados que a Hoffmann le parecieron M8 Greyhound con ametralladoras calibre 30 y cañones de 37 milímetros se acercaron por el flanco sur, entre el jardín de San Marcos y la iglesia de Santiago Tlatelolco.

—Desarma ya el rifle —indicó Sanchez.

Hoffmann se acuclilló y empezó a desarmarlo. Pero antes de guardarlo, sacó del fondo del compartimiento oculto los volantes que había recogido en Ciudad Universitaria. Luego dispersó la propaganda comunista en la recámara y la estancia, mientras seguían escuchándose los disparos en la plaza y las balas seguían incrustándose en las paredes.

—¿Qué haces? —preguntó Sanchez.

—Para que cuando revisen, piensen que fueron los comunistas.

—Ándale, eso está bien.

Cuando terminaron de dispersar los volantes, Hoffmann guardó el arma y le ayudó a Sanchez a recoger los casquillos.

—¿Listo?

—Listo —afirmó Sanchez—. Ahora ponte tu tarjeta de acreditación y la cámara.

—Espera. Voy a ponerme el chaleco también, no sea que se me vaya a olvidar.

—¿Qué más? ¿Qué más? —repetía Sanchez, esperando que no se le olvidara nada —. Ah, mete también tu pistola en el compartimiento secreto, por si te quieren esculcar.

—Pero entonces quedo a merced de los soldados.

—De cualquier manera no podrías oponer resistencia.

Hoffmann aceptó a regañadientes guardar su pistola con el silenciador en el compartimiento oculto, no sin antes mascullar algunos improperios.

Robert Sanchez se colocó su guante blanco en la mano izquierda y sacó su pistola Colt calibre 45.

—Vámonos. Ya es hora.

Abrió, y ambos caminaron con sigilo por el pasillo. Vieron agua que escurría por las escaleras. Dos disparos se escucharon en los pisos de abajo. Hoffmann seguía a Sanchez con pasos lentos y en estado de alerta.

—Ahora sí, vámonos rápido —anunció Sanchez al llegar al cubo de las escaleras, desde donde se veía hacia abajo como una oscura boca babeante.

Descendieron los escalones de dos en dos, chapaleando con los pies sobre el agua y sorteando las dentelleadas de plomo.

—¡Blanco, blanco! —gritó Sanchez ante la presencia de dos agentes también de guante blanco que revisaban a cinco jóvenes, quienes tiritaban con los pantalones bajados y las manos contra la pared, junto a un cadáver tirado en medio de un charco de sangre.

Al recibir por contestación un saludo hecho con la mano de la pistola, siguieron sin darles importancia a esos dos agentes.

En el quinto piso se encontraron con un individuo obeso de guante blanco y pistola en mano.

—¡Ey! ¡Alto ai! —les ordenó apuntándoles con la pistola.

—¡Blanco, blanco! —gritó Sanchez, y luego explicó—: No dispare. Batallón Olimpia sacando periodista gringo.

El individuo aceptó con un movimiento de cabeza.

Cuando ya le daban la espalda bajando algunos escalones, el sujeto los volvió a llamar.

—¡Deténganse ai!

Sanchez volteó a la par que levantaba la pistola y disparó sólo un balazo al pecho del gordo aquel. El cuerpo trastrabilló hacia atrás y chocó de espaldas contra la pared, de donde se deslizó hasta quedar cual marrano en matadero con la barbilla doblada sobre el pecho y las piernas flexionadas.

—¡Sigue, sigue! —indicó Sanchez.

Sin hablar más, bajaron con rapidez las escaleras mojadas. Retumbaba el sonido de disparos en varios niveles del edificio Chihuahua. Así también se escuchaban todavía las ráfagas de ametralladora impactándose en los techos y las paredes. Los agentes de la CIA caminaban y se agachaban entre los estropicios conforme bajaban, procurando evitar ser heridos por alguna esquirla de metralla.

En el momento de llegar a la planta baja, algunos soldados les apuntaron con sus rifles. Pero de inmediato, Sanchez les gritó: «¡Blanco, Olimpia! ¡Paso, paso! ¡Llevando periodista gringo!» Cuando los soldados voltearon hacia arriba y miraron esa jirafa azabache, con cámara fotográfica, bolso, tarjeta de acreditación, chaleco y bandera estadounidense en la manga izquierda de su camisa, se apartaron.

Ya en el corredor oriente del edificio, a la intemperie, Sanchez guardó la pistola y el guante blanco. Vieron bajo la lluvia que por delante de ellos iban ensopados Johan Stevenson y Manuel Ibiza. Y en la esquina del edificio, junto al estacionamiento, los esperaba un militar en uniforme verde olivo con su estrella dorada bajo una escarapela circular verde, blanco y roja en su gorra, y una estrella solitaria en cada una de sus hombreras que denotaba el grado militar de mayor, quien les hacía señales con la mano para apresurarlos.

—Ya estamos todos, Carlos —le notificó Sanchez al oficial de poco más de uno setenta de estatura, delgado, prieto, de ojos saltones, bigote recortado y labios gruesos.

—Pues vámonos por aquí —señaló un corredor al lado del estacionamiento. Los condujo rumbo al este. Se abrió paso entre los soldados que venían en sentido contrario a ellos rumbo a la plaza, y entre quienes permanecían atrapando a los civiles que escapaban por ahí.

Llegaron en pocos minutos al Paseo de la Reforma, frente a la Glorieta Cuitláhuac. Ahí los esperaba un jeep del Estado Mayor Presidencial con toldo de lona. Lo abordaron aprisa, distribuyéndose los cuatro agentes de la CIA en la parte de atrás y el mayor adelante, quien ordenó al chofer que arrancara de inmediato. Durante algunos minutos todos permanecieron callados. Los agentes de la CIA se quitaron disimuladamente los adherentes dactilares y los tiraron a la calle, en medio de discretas miradas de complicidad. Hoffmann se arrulló con el movimiento del jeep y el sonido de las gotas que caían sobre la lona. «Creo que fue un excelente trabajo, con las suficientes bajas civiles y militares para despertar el odio del ejército mexicano contra todo lo que signifique comunismo —pensó—. Esto dará inicio a una guerra sin cuartel en contra de cualquier sedición de ahora en adelante. Por eso, con este éxito, voy a solicitar mi retiro de la CIA y le voy a pedir a mis jefes una carta de amplia recomendación para instalarme en California, donde voy a descansar y solicitar empleo en alguna oficina del alguacil de algún pequeño condado, lejano y apacible. Estoy feliz, muy feliz. Todo ha salido a pedir de boca, aunque corro el riesgo de que los soviéticos me delaten. Creo que lo más difícil será deshacerme de ellos, pero les voy a prometer toda la información que quieran de esta misión y de las anteriores misiones en que he participado. Hasta hoy he tenido buena suerte, y estoy seguro de que todo seguirá igual.»

La tensión de los agente se calmó con el runrún del vehículo y la cadencia de la llovizna sobre la lona. El atardecer sereno, el bullicio de una ciudad ajena al encuentro armado en Tlatelolco y el ambiente de conspiración daban lugar al mutismo, hasta que el mayor rompió el silencio.

—¿Tomaron fotos? —preguntó de improviso.

—Sí —contestó Manuel Ibiza, quien tenía un poco de sangre en la frente—. Como sabes, tenemos que poner a salvo a nuestros compatriotas periodistas que vienen a cubrir la olimpiada. Pero estas fotos las necesita la embajada y, por supuesto, no van a publicarse.

—Sí, claro —asintió el mayor—. Nos da mucho gusto colaborar con su gobierno y con la prensa de su país. No están heridos, ¿verdad? —agregó cuando vio la sangre en la frente de Ibiza.

—No, no, Carlos —negó Sanchez con tono de impaciencia—. Parece que es sólo un rasguño. ¿Verdad, Manuel?

—Sí, sólo un rasguño. Me lo curan en cuanto lleguemos.

A pesar de la hora, el tráfico era escaso y les permitió llegar en poco tiempo. Entraron por la calle trasera de la embajada.

—Servidos señores. Sanos y salvos.

—Gracias, Carlos —agradeció Sanchez con una actitud de ceremonia untuosa—. Llévale por favor un atento saludo al general Gutiérrez Oropeza, y sé tan amable de decirle que después se comunica con él el señor embajador para agradecerle profundamente a nombre del gobierno de los Estados Unidos por responder tan rápido a nuestro llamado, esperando que nos puedan seguir prestando su apoyo para rescatar a otros americanos en peligro.

—Sí, cómo no, Bobby, yo le hago llegar tu saludo y tu mensaje al general.

El mayor estrechó la mano de cada agente de la CIA, quienes fueron bajando uno a uno, para después correr a refugiarse de la llovizna al alero que sobresalía sobre una pequeña puerta trasera de la embajada.

—Bueno, pues ya me voy —declaró, y se despidió con un saludo militar desde el jeep.

Entraron en la embajada, y de inmediato una persona se presentó y los saludó de mano.

—Mi nombre es James Higgins, ayudante del primer secretario —expresó con formalidad—. Quisiera pedirles que sean tan amables de subir a la camioneta para llevarlos a sus hoteles y domicilios.

Todos voltearon hacia una camioneta Chevy Suburban azul marino último modelo con vidrios polarizados.

—¿No deberíamos esperar un poco para ver si nos siguieron? —cuestionó Hoffmann con un raro presentimiento.

—No, señor Hoffmann —contestó Higgins de forma tajante.

El patio de la embajada estaba en penumbra: algunos focos y reflectores permanecían apagados, aunque a las siete empezaba a anochecer.

—Suban rápido, por favor —los apremió el señor Higgins.

Subieron uno a uno y se acomodaron en los dos asientos traseros. Luego, el conductor encendió el motor mientras se activaba el portón eléctrico que chirriaba con lentitud.

En ese momento se acercó un hombre caucásico alto, de unos sesenta años, calvo y de barba canosa, con un paraguas abierto.

—Señor Hoffmann, baje por favor. Necesito que se quede unos minutos más. Después nosotros lo llevamos.

Hoffmann bajó y sintió frío. Luego se colocó debajo del paraguas junto al desconocido, al mismo tiempo que cerraba su chaleco.

—Bien, ¿adónde vamos?

—Necesito hablar con usted. Vamos a mi oficina, pero antes déjele su cámara y su bolso al señor Higgins.

Fue a entregarlos, y un escalofrío recorrió su espalda. Pensó que seguramente se iba a enfermar de gripe. De inmediato regresó con el desconocido, y caminaron bajo el paraguas por el patio, aunque la lluvia era cada vez más una llovizna.

Llegaron a un pasillo techado: el desconocido cerró el paraguas.

—Pase por aquí.

Descendieron por unas escaleras que conducían a una especie de sótano. Al bajar sintió mucho calor mezclado con un nuevo escalofrío. El ruido de una máquina le hizo imaginar que ese calor era por la calefacción del edificio. Ya en el sótano, observó algunas puertas que le dieron la impresión de ser calabozos.

El desconocido sacó unas llaves. Abrió una de esas puertas y encendió la luz.

—Pase, por favor.

Hoffmann entró en un cubículo de tres metros por tres, con una mesa pegada a una esquina y dos sillas a sus lados.

—Muy bien, ¿en qué puedo servirle? —preguntó intrigado por ese ambiente críptico mientras se sentaba en una de las sillas.

—Espere un momento. ¿Quiere un café?

—Sí, ¿por qué no?

El individuo salió y dejó la puerta abierta. A Hoffmann le pareció muy extraño que lo hubieran llevado a ese lugar, apartándolo de los demás, como si fuera a participar en alguna misión secreta, aunque siempre actuaba en misiones secretas.

Minutos más tarde, el desconocido regresó con dos tazas de café.

—Aquí tiene su taza.

Bebieron un sorbo cada uno.

—Bueno, Hoffmann, tenemos otro trabajo para usted aquí en México.

—¿Otro trabajo? Espere un momento, ni siquiera sé quién es usted.

—Ah, disculpe. Yo soy un buen amigo. No necesita saber mi nombre. Sólo necesita saber que soy de la Compañía. Digamos

—bebieron ambos otro sorbo de café— que estoy encargado de limpiar los rastros, es decir, que no quede rastro alguno.

Hoffmann sintió un poco de sueño.

—Podría decirme de qué se trata porque ya tengo mucho sueño y quisiera regresar a mi hotel.

—Bueno, tomemos nuestro café y hablemos del asunto que nos tiene aquí.

Siguieron bebiendo el café con algunas miradas de soslayo que se dirigían uno al otro: el desconocido revisaba algunos papeles contenidos en una carpeta y Hoffmann tamborileaba con sus dedos cada vez más lento sobre la mesa.

—Sabroso, ¿verdad?

—Sí, pero me siento muy débil. No puedo levantar mis manos.

—Bien, creo que la espera llegó a su término y ya podemos ir a dormir.

El hombre recostó a Hoffmann sobre el suelo.

—¿Puedes moverte?

—Nnn... o.

—Teníamos algunas dudas, y hoy comprobamos nuestras sospechas. Nos enteramos por fuentes soviéticas que tú les pasabas información confidencial, lo que le costó la vida a varios de nuestros agentes, tus compatriotas, y eso se llama traición. Decidimos causarte un paro cardiorrespiratorio puesto que no te podemos llevar a juicio porque sabes *demasiado* de cómo procede la Compañía. Guardas secretos de misiones anteriores que no queremos ventilar en un juicio. Además, eres un asesino que no podría integrarse a nuestra sociedad. Tu cadáver se lo vamos a entregar a tu hermana, y en agradecimiento a tus servicios, tienes una fosa en Greenhill Cemetery de Muskogee, Oklahoma, para que descanses en la misma ciudad donde naciste y donde descansan tus padres. ¿Qué te parece?

Hoffmann estaba paralizado. Sus ojos miraban con fijeza, proyectando desesperación, y conforme se vencían, empezaron a mirar doble; luego tuvo la impresión de que su asesino tenía tres cabezas. Una lágrima escurrió por el rabillo derecho conforme el hilo de aliento se hacía cada vez más delgado, hasta que la mandíbula cayó con una silenciosa expiración, mientras las pupilas se dilataban entre los párpados entornados.

FIN

ÍNDICE